國王遊戲
王様ゲーム 煉獄11.04
金澤伸明
NOBUAKI KANAZAWA
煉獄
RENGOKU
11.04

國王遊戲 煉獄

11.04

遊戲規則

1 全班同學強制參加。
2 收到國王傳來的命令簡訊後，絕對要在24小時內達成使命。
3 不遵從命令者將受到懲罰。
4 絕對不允許中途退出國王遊戲。

完畢

赤池山高中2年A班　班級點名簿

1 伊藤由那（Itoh Yuna）
2 岩下櫻（Iwashita Sakura）
3 奧園未玖（Okuzono Miku）
4 押井武（Oshii Takeshi）
5 小野寺由美（Onodera Yumi）
6 神塚蒼太（Kamitsuka Souta）
7 城戶宗介（Kido Sousuke）
8 熊谷佐登志（Kumagaya Satoshi）
9 小島理子（Kojima Riko）
10 笹原花音（Sasahara Kanon）
11 佐佐山夢斗（Sasayama Muto）
12 清水乃愛（Shimizu Noa）
13 白川伊織（Shirakawa Iori）
14 鈴木若葉（Suzuki Wakaba）
15 添田愛（Soeda Ai）
16 高橋星也（Takahashi Seiya）
17 竹岡純一（Takeoka Jyunichi）
18 鶴見四郎（Tsurumi Shiro）
19 中島陽平（Nakajima Youhei）
20 永山時貞（Nagayama Tokisada）
21 野野村孝明（Nonomura Takaaki）
22 濱谷洋二（Hamatani Yohji）
23 林英行（Hayashi Hideyuki）
24 藤原誠一郎（Fujiwara Seiichirou）
25 前田美樹（Maeda Miki）
26 牧村奈留美（Makimura Narumi）
27 松崎風香（Matsuzaki Fuhka）
28 松永龍司（Matsunaga Ryuji）
29 丸井陽子（Marui yoko）
30 南百合子（Minami Yuriko）
31 村岡陽菜子（Muraoka Hinako）
32 雪原久志（Yukihara Hisashi）

導師　岩本和幸（Iwamoto kazuyuki）

國王遊戲 煉獄 11.04 ◆目次◆

命令7

【11月4日（星期四）中午12點0分】

【11／4星期四12：00　寄件者：國王　主旨：國王遊戲　本文：這是赤池山高中2年A班全班同學強制參加的國王遊戲。國王的命令絕對要在24小時之內達成。※不允許中途棄權。※命令7：林英行把自己懷疑的國王嫌疑人名字寫在紙上。被寫上名字的學生將會受到懲罰。被寫上名字的學生如果不是國王，林英行要受到懲罰。　END】

生還的18名學生，現在都集合在2年A班的教室裡。

奈留美、久志、陽平、伊織。

誠一郎、蒼太、佐登志。

英行、武、美樹、陽菜子、陽子、未玖。

夢斗、時貞、星也、由那、風香。

臉色蒼白的班長英行雙手撐在教案上，嘴唇緊閉。三七分頭看起來有些凌亂。

在鴉雀無聲的教室裡，響起了英行的聲音。

「那麼，審判要開始了！你們全都是被告，我是法官。」

「喂，等等！」

誠一郎從椅子上站起來。

「為什麼我們是被告？你要在紙上寫誰的名字，不是已經決定好了嗎？」

「決定好了？」

「是啊。除了城戶宗介之外沒別人了！那個傢伙打從國王遊戲一開始就失蹤，而且，班上沒有感染凱爾德病毒的人，就只有他一個人了。」

「問題就在這裡啊。」

英行冷靜的聲音在教室裡迴響。

「要是宗介沒有感染凱爾德病毒的話，那麼我在紙上寫他的名字，也懲罰不到他。再說，假使國王是宗介的話，那麼這次的命令本身就有問題啦。」

「就是有問題，才會出這樣的命令啊！即使你寫宗介的名字，他也不會受到懲罰。明白說吧，這是宗介為了殺掉你所設計的陷阱。要是你寫其他同學的名字，被寫名字的同學和你都會死。不用考慮了，直接寫宗介的名字就對了！」

誠一郎朝面前的桌子重重拍下。

「班長！我這麼說是想要救你啊！」

「別假好心了。」

「嗄？我假好心？」

「其實你是擔心我寫你的名字吧？只要被我寫了名字，就算不是國王，也會受到懲罰。」

「啊……我……」

看到啞口無言的誠一郎，英行笑了。

「不過，我也會參考你的意見，老實說我也覺得宗介的可能性很高。」

「既然這樣，那就快寫宗介的名字吧！先確定那傢伙是不是國王比較要緊。」

「比較要緊是嗎……？對你來說也許是這樣，不過我可不一樣喔。要是我寫的人不是國王，那我可就死定了。」

英行的視線轉向坐在椅子上的其他同學。

「所以我決定，包括宗介在內，我要一視同仁當作嫌疑人看待。當然，這和陣營沒有關係。」

聽到英行的這番話，奈留美啪啪啪地拍起手來，露在方格紋裙下面的那雙腿也同時交換了位置。她張開豐潤的雙唇說：

「不愧是英行，果然比誠一郎冷靜多了。也許，我們可以對你有所期待呢。」

「有所期待？」

「嗯。要是英行猜中誰是國王的話，說不定國王遊戲就可以結束了。假使國王就在這間教室裡，那他有可能會在這次的命令中死去。這樣的話，國王就再也不能傳送命令啦。」

「說得很對。從這次的命令可以瞭解，國王好像會照當時的狀況，決定命令的內容，而且還事先設定好傳送簡訊的時間。」

「如果是這樣，那國王不就是星也嗎？普通的高中生又不會寫電腦程式。」

被點名的星也，從椅子上跳起來。

「不是的！我不是國王！」

「如果國王不是宗介的話，最有可能是國王的人嫌疑人就是你啊。不但會電腦，還被撞見在校外和智輝聊天，警方也把你列入嫌疑名單，甚至從你家裡的電腦發現奈米女王的修正程式不是嗎？」

「那個程式不是我灌的！」

「既然不是，為什麼會在你家的電腦裡發現呢？」

奈留美側著頭，朝上看著星也。在奈留美銳利的眼神注視之下，星也的身體不禁顫抖了起來。

「妳問我，我也不知道啊。不過，我確信自己絕對不是國王。」

「這是什麼回答？這種話誰都會說，你必須想出可以說服大家的理由才行啊。」

「我……」

「原來如此……奈留美懷疑星也是國王？」

英行朝星也瞄了一眼。

「的確，星也是國王的可能性很高。首先，他和智輝都沒有加入陣營。至於動機，可能是他覺得智輝和自己處境類似，所以才會展開報復……」

「我才不會因為這點小事，就啟動國王遊戲呢！」

「這可難說喔，國王的目的是要替智輝報仇，我想這點是不會錯的。所以說，和智輝有交情、曾經想要阻止霸凌、或是處境相似的人，嫌疑比較大不是嗎？」

英行的視線從左到右，看著每一個學生的臉。

「從交情來看，最有嫌疑的是……武。因為他是在智輝的告別式上，第一個哭出來的人。」

坐在最後面位置的武，瞬間臉色大變。

「之前在赤池山的時候，我不是說過了嗎？智輝陪我下過幾次將棋，而且……」

「而且什麼？」

「……我因為沒能阻止霸凌，一直感到很後悔。」

武的聲音越來越小。中分的頭髮微微地飄動著。

「我明知道智輝被霸凌，卻沒出面阻止。其實，我很想阻止班上那些人……」

「這就是動機啦。所以你才會啟動國王遊戲……」

「你別亂說！報仇也不可能讓智輝起死回生啊。再說，我怎麼可能讓自己感染凱爾德病毒，來參加這種死亡遊戲？想也知道不可能。如果我是國王的話，早在第一個命令的時候，就下令殺死除了我之外班上的其他同學了。那樣的命令，隨便想就好幾十個。」

「……嗯，你說的也有道理。不過，還是不能把你從國王的嫌疑人名單中剔除。」

英行微微張開嘴，嘆了一口長長的氣。

「武，雖然你是我們陣營的一員，可是在這次的命令中，也不能給你特別優待。因為這不僅關係到我這條命，也關係著其他不是國王的同學的命。」

「說得沒錯。」

蒼太滿臉笑容地把手裡的一小片餅乾往嘴裡送。

「……要是這次班長可以猜中國王的話，我們全都有救了。拜託你，一定要猜中國王啊。」

「瞧你說得好像跟自己無關似的，你也是國王的嫌疑人之一喔。」

「咦？我嗎？」
蒼太驚訝地猛眨眼睛，那張娃娃臉，看起來就像中學生。
「我也有參加霸凌智輝的陣營，怎麼可能會為了替智輝報仇，而啟動國王遊戲呢？」
「可是，你不是很喜歡玩國王遊戲嗎？」
「……」
「的確，你不是那種會為了替智輝報仇，而啟動國王遊戲的人。但是，你樂在其中這點是無庸置疑的。難道我說錯了嗎？」
對於英行的質疑，蒼太伸出舌頭，舔了舔端正的嘴唇說：
「是啊，我承認這種情況，是會讓我感到興奮。就像在玩無法儲存的遊戲那樣，刺激得讓人受不了。」
「刺激得讓人受不了？……是啊，所以你就啟動國王遊戲對吧？」
「不不不，你錯了。遊戲的主人本身是體會不到遊戲帶來的興奮感的。就因為我不是國王，才會感到刺激，不是嗎？」
蒼太豎起食指，左右擺動。
「明白來說，就算我有動機，但我是國王的可能性還是很低。如果你非得要寫我的名字，我也不能拿你怎麼樣。不過，要是你寫錯人的話，自己也會死喔。」
「要是我寫錯人的話嗎……」
「嗯。我並不想死，也很希望你能利用這次的命令把國王給殺死。這麼一來，你就是英雄了，英行。」

「英雄？我才不稀罕。」

英行的眼睛瞇成一條線。

「我不想死在國王遊戲裡面，所以我一定要猜中。不這樣的話，我就死定了。」

「看這樣子，這回大家應該可以幫忙喔。」

「你們能幫我什麼忙？」

「至少，可以提供國王可能是誰的意見吧。」

「我想起來了，你之前曾經說過，國王可能是女生。」

「我是這樣認為啊。所以，你最好還是寫女生吧。」

蒼太看著坐在椅子上女生們的臉。

「如果要我推薦的話，不是副班長美樹，就是由那。」

坐在夢斗旁邊的由那，身體抖了一下。正要發出抗議時，美樹先一步跑向了蒼太。

「蒼太，你為什麼要說我的名字？」

美樹豎起眉，瞪著蒼太。

「想也知道，我怎可能是國王呢。不要因為怕自己的名字被寫就亂點名！」

「不，我才沒有亂點名呢。以前智輝被霸凌時，美樹和由那不是常常出面制止嗎？」

「那、那是身為副班長的我應該要做的事啊。又不是我對智輝有特別的感情。」

「說得也是，美樹喜歡的人是英行吧。」

「啊……我……」

美樹的臉紅得像一顆熟透的番茄。

「你、你不要胡說好不好！」

「沒什麼好隱瞞的，這件事大家都知道啊。」

「……如果真是這樣，那我就更不可能是國王了，不是嗎？因為我不可能會對英行下這種命令啊。」

「這可難說喔，也許妳想跟暗戀的對象殉情，順便拉其他同學陪葬。」

「殉情……？」

「電視新聞播過特別報導，說是北海道國王遊戲事件的犯人，原本打算要和同學一起自殺。浪漫型的女孩子，不是都很憧憬這種情境嗎？」

「真是越說越離譜了。英行，你應該明白我不是國王吧？」

美樹看著英行問。

「國王遊戲進行的期間，我都和英行一起行動，哪有機會傳什麼命令簡訊。」

「……這我可不敢說喔。」

「英行！」

「我沒說妳是國王，而是我們並非一直都在一起。國王的命令，只要花幾分鐘就可以傳給大家了。」

「這什麼話……」

「英行，我有話要說。」

陽菜子膽怯地舉起右手。

「我認為，國王是伊織。」

全班的視線集中到了伊織身上。伊織驚慌地從座位上站起來。幾乎觸及腰間的長髮飄動著，一張像日本娃娃的美麗臉孔微微皺起。

「我……是國王？妳憑什麼這麼說？」

「我知道，國王遊戲開始的那天，妳去過電腦教室對吧？就在大家到校前的那段時間。妳趁那個時候，把裝有凱爾德病毒的花瓶放在教室裡，然後躲在電腦教室，等上課時間到了才回教室沒錯吧？」

「那是因為……」

伊織皺著眉，發白的嘴唇氣得發抖。

「那天是宗介傳簡訊給我，要我一大早去電腦教室的。」

「宗介？」

「這是真的嗎？妳是說，那天妳有見到宗介？」

英行走近伊織。

「我沒有見到宗介。因為他沒來。」

「沒來？」

「嗯。所以，我在開始上課前就回教室了。那件事，我以為大家都知道呢。」

「為什麼妳之前都沒說呢？」

「一開始，我也不知道有那麼重要。等到宗介變成嫌疑人之後，已經錯失機會了……」

伊織說話的音量越來越小。

英行發出沉吟，手臂交叉。

「宗介為什麼要傳簡訊給伊織呢？」

「那還用說嗎！」

背叛夢斗的陣營，轉投靠奈留美陣營的陽平對英行說。

「男生找女生出來，除了想要告白之外，沒別的理由了。尤其是要跟伊織這麼漂亮的女生告白。我能了解男人破釜沉舟的那種心情。」

「可是，宗介不是沒來嗎？而且，打從國王遊戲開始的那天起就失蹤了。換句話說，他的目的應該不是告白吧。」

「啊、也對。那麼，會是什麼原因呢……」

「大概是想要增加嫌疑人的人數吧。」

夢斗坐在椅子上說。全班同學的視線瞬間集中在他身上。

「增加嫌疑人的人數？」

英行用銳利的目光看著夢斗。

「你的意思是，國王在搞鬼囉？」

「嗯。我想，國王的目的是要讓我們彼此猜忌，殺個你死我活。」

「可是，那麼做又有什麼意義呢？國王隨時都可以發出殺死我們的命令啊。」

「那可不行。國王故意留下一線生機，就是想要一個一個殺掉我們。」

「故意留下一線生機……」

「是的。只要抓到國王，這個遊戲就結束了。可是，我們卻怎麼樣也抓不到國王。看到我們驚慌失措的樣子，國王一定在笑吧！」

夢斗的發言在教室裡引起了騷動。所有人都表情凝重地互相看著彼此。

「國王就是為了這個理由，所以要增加嫌疑人的人數。打從國王遊戲開始就行蹤不明的宗介、一大早被叫來學校的伊織、電腦被動了手腳的星也、還有其他好幾名嫌疑人。不、我們全都是嫌疑人。包括國王遊戲開始之前轉學進來的我在內。」

「我們全都是嫌疑人嗎……」

英行聲音乾啞地說。

「這樣不對吧。這次的命令已經足以證明我不是國王。如果我是國王，就必須在紙上面寫下自己的名字，那麼不論我寫的答案是對還是錯，橫豎都得死。國王的目的是報仇也好，娛樂也好，都不可能在這個時候自殺吧。」

「說得也是……我想英行並不是國王。也許這次的命令，是國王想要挑戰聰明的班長英行，就像是『有膽量的話，就在紙上寫自己的名字，結束國王遊戲吧！』這種感覺吧？」

「挑戰……？除了接受挑戰，我也沒有別的選擇了，不是嗎？」

英行一面來回看著班上的同學，一面繼續說：

「希望大家能夠幫我。這次的命令是不分陣營的，請你們告訴我，誰最有可能是國王吧。」

英行說完，教室裡馬上湧現學生們的討論聲。

「不是說了嗎？宗介就是國王！把伊織找出來的人就是他啊。」

「也可能不是他啊！搞不好是國王先殺死宗介，再利用宗介的手機約伊織出來。」

「如果是這樣，那麼國王有可能是男的。因為就算宗介再瘦小，女生也很難殺死男生的。」

「話不能說得這麼武斷喔。只要有武器，女人照樣有辦法殺死男人。而且，蒼太之前不是說過，花瓶裡插著象徵『復仇』的白花三葉草，這是女生會做的事吧！」

「別管是男生還是女生了，先討論誰是國王要緊。我認為嫌疑較大的是被警方鎖定的宗介、星也和武。另外，袒護智輝的由那也很可疑。」

「如果國王是故意增加嫌疑人人數的話，那麼相反的，嫌疑越低的人越有可能是國王。若非如此，就不會發出這樣的命令了。我想，國王一定很有把握英行不會寫他的名字吧。」

「照你這麼說，越沒有嫌疑的人反而越可疑囉？像誠一郎或是佐登志那樣。」

「陽平，你不要亂說！我怎麼可能是國王！我們都是霸凌智輝的那一群人耶！」

「拜託，承認自己霸凌都不覺得丟臉嗎？」

「我管不了那麼多啦。喂，英行，宗介就是國王，錯不了。」

夢斗靜靜地聆聽班上同學們的議論。大部分的人因為擔心自己被點名，而誣指其他的同學可能是國王。看到這樣互相栽贓的場面，夢斗用力咬著嘴唇。

——這就是國王的用意吧。讓班上的同學互相猜忌、憎恨。這麼一來，就無法冷靜地分析誰是國王了。

臉色蒼白的英行，認真聽著班上同學的意見。他握緊拳頭，緊閉雙眼，仔細聆聽所有同學的聲音。

——只要英行能把國王的名字寫在紙上，國王遊戲就會結束。可是，如何確定誰是國王呢？假使我和英行的立場相同的話，那麼……。

冷汗從夢斗的額頭上流了下來。

——認真去想的話，宗介是最可疑的人。打從國王遊戲開始之後就沒見到蹤影，而且，他應該沒有感染凱爾德病毒。就算他的名字被寫在紙上，也不會受到懲罰。明確說來，在這次的命令中他絕對不會死。問題是，這樣就能一口咬定宗介是國王嗎？

夢斗的思緒被英行的聲音打斷。

「我聽到大家的意見了，一定會好好參考的。」

「那你要寫誰？」

被奈留美這麼問，英行的臉頰抖了一下。

「……給我時間，我要去調查一些事情。」

「你一定很迷惘吧。這也難怪，萬一你寫的名字不是國王，就死定了。」

「沒錯。為了我自己、也為了不是國王的同學們，我會想辦法猜中國王的。」

話說完後，英行便走出了教室。

英行離開之後，夢斗陣營的隊友們，馬上聚集到夢斗的座位旁邊。

「不知道班長會選誰？」

風香瞄了一眼英行剛才走出去的那扇門。

「我有可能被寫上名字呢……」

「風香，妳不用擔心。會被寫上名字的人，大概是我吧。」

星也低沉地說，鏡框後方那雙眼睛布滿血絲，臉色也像白蠟燭一樣失去血色。

「我明明就不是國王……」

「所有人都會這麼說，國王也一樣。」

風香在星也的肩膀上用力拍了一下。

「身為同陣營的隊友，我們也很想相信你。可是，班長並不這麼想。算了，這次的命令，大家也只能自求多福了。」

「嗯……是啊。」

「星也，現在沮喪也無濟於事。」

夢斗這麼安慰星也。

「眼前最重要的就是找出國王，把名字告訴英行。」

「問題是要怎麼樣找出國王。如果不是宗介的話，就是有人利用他人的手機，遙控那台灌有奈米女王程式的電腦。手機的體積很小，藏在哪裡都行啊。」

「只要能找到手機，也許就能終止國王的命令了……」

「這太難了。如果我是國王，我會把手機裝在塑膠袋裡，然後拿去藏在赤池山上。如果是這樣的話，幾乎不可能找到啊。」

「應該不會藏在那麼遠的地方。班上同學幾乎都有參加陣營，如果有人消失太久的話，一定會被懷疑的。」

「現在討論這些，會來不及達成這次的命令喔。」

時貞打斷夢斗和星也的談話。他抓抓毛躁的頭髮，嘆了一口氣說。

「就算找到手機，也無法確定是誰的。我贊成去找，不過眼前還是先找出國王要緊。」

「……時貞，你認為國王可能是誰？」

「老實說，我完全沒頭緒。我這個人最怕想這種複雜的問題了。不過我覺得，不妨從動機這方面去猜。」

「動機嗎……」

「嗯。就是國王挑上我們這班，啟動國王遊戲的理由。很有可能是想替被霸凌而自殺的智輝報仇吧。如果是這樣，那麼跟智輝有交情的人嫌疑最大。」

時貞瞄了一眼夢斗鄰座的由那。

「按照這個推理，由那的確嫌疑重大。但是話又說回來，由那這個人的個性，就算被霸凌的不是智輝而是其他同學，她也會出面制止，所以我認為不是由那。」

「謝謝你，時貞。」

由那向時貞低頭致謝，時貞連忙揮手制止。

「道什麼謝啊。就算我認為不是妳，也沒有意義啊。萬一英行認定是妳，而把妳的名字寫在紙上，到時候妳還是得接受懲罰啊。」
「嗯……如果我被懷疑而死的話，那也只有認命了。可是這樣，英行自己也會死。」
「我絕不要由那死掉。」
聽到夢斗這麼說，由那的臉紅了。
風香用懷疑的目光看著夢斗。
「夢斗，你該不會是想在這種情況下，向由那示愛吧？」
「當、當然不是！」
這次換夢斗臉紅了。
「不只是由那而已，風香，還有星也、時貞，我同樣也不希望你們死去。」
「……是啊，我也不想看到同陣營的隊友死掉。當然，其他陣營的同學也是……」
風香看著教室裡其他陣營的同學，有感而發地說。
「可是，如果受罰的是其他陣營的同學，我應該會鬆一口氣吧。」
「我也是。要不是有國王遊戲，說不定我們會成為好朋友……」
「就算國王遊戲結束了，同學之間的情誼，恐怕也很難修復吧……」
「嗯……」
夢斗的腦海回想起過去這段日子裡所發生的種種。命令1的時候，因為發出聲音而死的由美等人、命令2的時候被同學們票選出來接受懲罰的龍司、命令3的鬼抓人遊戲中被逮到的乃愛等人、在命令4中沒湊足撲克牌點數的花音等人，以及命令6中被蒼太殺死的岩本老師。

然後，是被佐登志殺死的若葉。

如果沒有發生國王遊戲的話，班上同學現在應該都還活著吧。

——而這次的命令，最少也得死一個。要是英行沒有猜中國王是誰，就有2個人會死。

想到這裡，冷汗從夢斗的脖子流了下來，把白襯衫的領子都沾濕了。

【11月4日（星期四）下午4點25分】

英行一踏進教室，同學們立刻安靜下來。

「大家好像都在呢。」

臉色蒼白的英行，往教案前面走去。

「……範圍縮小到只剩下3個人了。」

「3個人？你是說，要寫在紙上的名字嗎？」

聽到陽平這麼問，英行露出苦笑說。

「這還用問嗎！我想，我會從這3個人裡面挑一個寫。」

「你要寫誰的名字？是宗介對不對？」

「不是宗介。根據我的研判，不可能是宗介。」

聽到這樣的回答，誠一郎跑向英行。

「喂！班長！你是不是不想活啦！」

「就是因為想活，才不寫宗介的。」

英行伸出手，制止打算繼續說下去的誠一郎。

「我之所以判斷宗介並非國王，是因為命令的內容。」

「命令的內容？」

「是的。你們還記得命令6的內容嗎？」

「就是要岩本老師收集學生頭顱的那次吧？」

「是的。那個命令必須是在岩本老師還活著的情況下才能執行。如果宗介是國王，他如何知道岩本老是生是死呢？在此之前的命令，也就是命令5的時候，X之謎在沒有被解開的情況下，岩本老師有可能會死啊。」

「也許……宗介看到新聞報導啊。新聞不是都會播報哪個人死去的消息嗎？而且，警察和家人應該更早就得到消息了。」

「不，命令5的『執行X』，直到結束的前一刻，都無法確定哪些人能夠安全過關。我們也是抵達赤池山山頂聽到蒼太的說明後，才知道岩本老師摸過石柱。可是那時候，警察應該還不知道這個情報才對。也就是說，宗介不可能是國王。因為他無法從外面得知這個情報，而發出下一道命令的內容。」

「這麼說的話……」

誠一郎的喉嚨咕嚕地嚥下口水說。

「國王是我們其中一個了？」

「沒錯。宗介很可能已經遭到國王殺害，屍體被藏在什麼地方。讓宗介在國王遊戲一開始就失蹤，這麼一來他會就變成國王的頭號嫌疑人了。」

聽到這兩個人的對話，奈留美的食指在桌上叩叩叩地敲著。

「有道理。按照這個推理來判斷，國王很有可能潛伏在學校裡面，這樣才能在第一時間得到最新的情報。那你說吧，你篩選出來的那3個人是誰？我不是被虐狂，不喜歡被吊胃口喔。」

「放心吧，不是妳。」
「……喔，真是太感謝了。那你選了誰？」
「第一個是武，第二個是星也。」
聽到英行這麼說，武和星也同時楞住了。
「你們兩個都是警方鎖定的嫌疑人，也都喜歡打電玩。星也和智輝一樣，沒有參加班上的陣營。因為立場和自殺的智輝類似，所以我才會懷疑。」
「那麼，剩下的那個是誰？」
「第三個是跟我同陣營的陽子。」
所有人的視線集中到了坐在椅子上的陽子。
「我、我……」
陽子睜大眼睛，豐腴的身材開始發抖。
「英、英行！為什麼你會懷疑我？」
陽子的聲音在教室裡迴盪著。
「比我更可疑的大有人在啊，為什麼你偏偏……」
「我懷疑妳的理由，就是這個。」
英行從口袋裡拿出一小塊碎石放在教案上。陽子的臉色瞬間發白。
「你、你為什麼會有這個？」
「我猜對了，妳丟掉的果然是這塊碎石頭？」

「啊……」

「昨天晚上，妳跑去赤池山的登山口，好像丟了什麼東西。回來的時候，也是鬼鬼祟祟的。我從4樓都看到了。」

英行嘆了口氣，看著陽子說。

「當時，我並沒有多想什麼。畢竟被捲入這樣的事件中，想要丟丟石頭抒解鬱悶的心情，也是人之常情。可是在這次的命令中，我被迫非得找出國王才行，所以不得不懷疑每位同學。因此，我開始懷疑妳當時究竟丟了什麼東西。後來我跑去登山口附近的草叢裡面翻找，結果發現了這個。」

「喂，班長！」

誠一郎拉高音量，用手指著教案上的碎石說。

「就算那是陽子丟的又怎麼樣呢？不就是一顆普通的石頭嗎？」

「這顆碎石，是赤池山山頂石柱的碎片。」

英行把加工過的那一面，翻過來給誠一郎看。

「顏色和上面的刻字，應該沒錯吧？照理說，石柱的碎片只有夢斗交給我的那塊而已，可是陽子卻藏了另外一塊。為什麼妳會有那樣的東西呢？我們陣營應該沒有找到碎片才對啊。」

「那是……」

陽子的臉不停地滴下冷汗。

「你、你誤會了！我不知道那塊碎石是什麼時候放進我書包裡的啊！」

「是其他人放進妳書包裡的嗎？」

「嗯。岩本老師死了之後，我打開書包檢查，就發現了這塊碎石。因為摸石柱的命令已經結束，所以我才……」

「妳因為擔心遭到懷疑，所以特地拿去丟掉嗎？」

英行把石柱的碎片放在手心，不經意地翻弄著。

「……這也不是不可能。國王為了增加嫌疑人的人數，故意把碎石頭放進陽子的書包裡面。不過也有可能是已經知道命令內容的國王，為了保命而預先藏了一塊碎片起來，這種可能性也挺高的不是嗎？如果是這樣，那妳就是國王了。」

「英行，你這是在懷疑跟你同陣營的隊友嗎？」

「這次的情況不同，我也是被逼的。我懷疑的人不只有妳而已，我也懷疑武啊。」

英行的眼睛輪流看著陽子、武和星也。

「這3個人之中，到底該選誰好呢……」

「英行。」

夢斗叫住了英行。

「你真的要從這3個人裡面挑選嗎？國王有可能不是他們啊。」

「你說得沒錯，其實我也懷疑其他人。可是，不把範圍縮小的話根本無法繼續。總之，我已經決定要從這3個人裡面挑一個寫了。」

「既然這樣……」

「不必再多說了。你想表達的是，你陣營裡的星也並不是國王對吧？」

「⋯⋯」

「夢斗，你這個人很冷靜，腦筋好像也不錯。但是這件事，我不能採納你的意見。你為了保護自己人，一定會替他們說話。」

星也把手搭在沉默不語的夢斗肩上。

「謝謝你，夢斗，這樣就足夠了。」

「足夠了？要是英行寫了你的名字，你就要接受處罰啊。」

「那也是無可奈何的事。英行的心意已決。」

星也看著英行說。

「英行，我不是國王。要是你選擇了我，你自己也會受罰的。」

「國王也會這麼說吧。」

英行聳聳肩微笑著。

「你、武，還有陽子都想為自己辯護。可是，做最後判斷的人是我。我一定要猜中國王是誰，讓這個遊戲結束！」

聽到英行堅定的語氣，教室裡再度陷入一片安靜。

英行闔上眼睛，緊閉起雙唇。放在教案上的手微微顫抖，雙眉之間也擠出了皺紋。

看到英行痛苦的表情，夢斗的嘴角也跟著皺起來。

——萬一英行選擇了星也，星也就會受到懲罰。如果星也不是國王，那英行自己也會受到懲罰。

一旁的星也，臉色白得幾乎快變成透明了。他低著頭，雙手交握放在胸前，像是在禱告一般。武和陽子則是怒不可抑地瞪著英行。

經過幾分鐘的沉默後，英行再度張開了眼睛。

「答案出來了……」

「決定要寫誰了嗎？」

對於夢斗的問話，英行搖搖頭。

「等我寫好再向大家宣布。這樣，被寫的那個人才會死心。」

英行從口袋裡面拿出從筆記本撕下來的紙和原子筆。把紙放在桌上後，開始寫上某個人的名字。

「我寫的名字是……」

英行把寫好名字的紙，拿給夢斗他們看。

上面寫的名字是『丸井陽子』。

「是……我的名字……」

陽子搖搖晃晃地走向英行。豐腴的雙頰像痙攣似地顫抖，上下排的牙齒發出喀啦喀啦的撞擊聲。

「為、為什麼……寫我……」

「因為我不相信妳說有人故意把石柱的碎片偷偷放進妳的書包裡面。」

英行冷冷地看著陽子說。

「如果真的是這樣，妳應該會跟我這個陣營的隊長報告才對。要是妳能主動跟我報告，我就不會懷疑妳了。」

「我、我不是國王啊！」

「就算不是也來不及了。我已經寫了妳的名字了。」

「太過分了……」

陽子的膝蓋無力地跪在地上，眼淚不停流下來。

英行豎起雙眉，看著她說：

「陽子，不要再演戲了。妳就是國王對吧？」

「嗚……嗚嗚……」

「妳的計畫其實很完美。若不是妳去丟石塊的那一幕正好被我看到，我根本不會懷疑妳。也因為這樣，妳才會下這樣的命令吧。我要是沒猜中國王的話，妳一定會在背地裡嘲笑我吧。」

「……」

「夠了，不要再演了。在受處罰之前告訴大家，妳是怎麼開始國王遊戲的吧？」

聽到英行說的這些話之後，陽子慢慢地站起來。

「……我不是……國王……」

突然間，陽子的手腕發出「啵嘰」的奇怪聲響，同時朝極不自然的角度扭曲。

「啊……」

陽子驚恐地看著自己被折斷的手腕。

「怎、怎麼會……」

接著，右肩也像被折斷的枯枝般垂下來。雙腳斷了、身體也往後折成兩段。

「嘎……嘎嘎……」

身體斷了的陽子，還拚命地想要解釋。

「我……不是國……咳噗！」

她的口中噴出鮮血，動作也停止了。睜大的雙眼充滿恨意地瞪著天花板。

看到陽子身體折成兩段，死狀悽慘的模樣，夢斗不忍心地別過頭。雖然他和陽子幾乎沒談過話，可是內心還是感到難以言喻的哀傷。

鴉雀無聲的教室裡，突然傳出笑聲。

「呵……呵呵！結束了！結束了！」

發出笑聲的是英行。乾啞的笑聲持續了好一陣子。

「國王死啦！國王遊戲結束啦！我們得救啦！」

「得救了嗎？」

聽到美樹的喃喃自語，英行用力地點頭。

「是啊，陽子就是國王。我們不會再收到命令了。」

「啊……啊啊……」

美樹雙手捧著臉，眼裡盡是淚水。歡喜的心情全寫在臉上。

「太好了。已經結束了嗎？」

班上其他同學們也同時發出如釋重負的嘆息。

「結束了……是嗎？」

「哈哈、哈哈，太好了！班長！」

「我們終於得救了……」

「是啊，我們活下來了。只要命令不再來，就算體內還有凱爾德病毒也不用擔心。北海道那裡的人不也是還活著嗎？」

「可是，陽子為什麼要這麼做呢？」

「不用想那麼多了，你們誰去通報警察吧。」

「我去通報吧。」

英行看著陽子的屍體說。

「雖然陽子是國王，可是懲罰她的人是我，至少我該去說明……」

英行張著嘴，就那樣固定住了。他睜大眼睛，望著自己折斷的手腕。

「怎……怎麼會這樣……」

啵嘰……啵嘰……啵嘰……。

現場連續傳出了折斷枯枝一般的聲音。

「啊……啊啊……」

和陽子一樣，英行的身體也往後折斷。

「為……為什麼……」

這是英行最後說的幾個字，他的臉上掛著難以置信的表情。脖子也折斷了，頭以不自然的角度下垂。

「英……英行……」

夢斗的喉嚨像波浪一樣上下起伏。

——英行受到懲罰了。這表示陽子並不是國王。

在他身旁的由那，也臉色發白地微張著嘴。

「國王遊戲……又要繼續了……？」

聽到這句話，夢斗忍不住打了一個冷顫。

【11月4日（星期四）晚間10點35分】

夢斗和其他同學聚集在4樓的電腦教室裡。白色的桌面上堆放著補給的便當和保特瓶礦泉水。

風香坐在椅子上盯著電腦螢幕，不時地嘆氣。螢幕上面出現的是班上16名生還者的名單。

「剩下16個人……」

「只剩一半了。」

由那低沉地喃喃自語。

「既然陽子不是國王，那麼明天，國王的命令一定還會再來。」

「說得也是。不知道這次會是什麼樣的內容。」

風香甩甩短髮，靠在椅背上。

「夢斗，你認為國王會是誰呢？」

夢斗皺了一下眉頭說：

「我也不確定。不過我認為不是失蹤的宗介。」

「英行也這麼說過。的確，從命令的內容看來，國王是學校內學生的機率很高……」

「嗯。就算國王可以從警方或是新聞得到情報，還是會有時間上的延遲。再說，從命令的內容來看，有部分是必須知道還有哪些人活著，才能執行的命令。」

「宗介有可能已經死了。那我們是不是也全都會死啊？」

「簡直是整人嘛！」

時貞的拳頭往桌面重重敲下。

「我絕不會死的。不管用什麼方法，我一定要活下去！」

「我也不想死。可是命令一下來，我們還是得乖乖照辦啊。就像剛才那個命令，被寫了名字的人根本無力反抗。」

「既然這樣，不如我們互相監視，讓國王沒機會發出命令，怎麼樣？」

「說得倒容易。大家分成不同的陣營，而且總得要上廁所和睡覺吧。」

「那至少照夢斗之前說的，鎖定幾個嫌疑重大的人監視吧。夢斗，我記得你說過蒼太很可疑對吧？」

對於時貞的問話，夢斗點頭承認。

「說得也是。那個人本來就是嫌疑人之一，而且也很熱衷國王遊戲。」

「既然這樣，那我們去跟誠一郎商量，先把蒼太監禁起來。」

「應該行不通吧。對方好像更懷疑星也和由那，說不定連時貞也被列入嫌疑名單了。」

「嘖，我是國王的嫌疑人嗎？也是，之前美樹就在懷疑我了。因為我父親的公司面臨倒閉，我變得憤世嫉俗的關係。可是，我怎麼可能因為這種事就啟動國王遊戲呢？」

「國王的用意，就是要我們疑神疑鬼，彼此猜忌。當然，也包括我在內。」

「可惡！難道沒別的辦法可想嗎！」

時貞右手握拳，往左手心打去。

「夢斗。」

星也叫住夢斗。

「我想，與其監視人，倒不如監視地點比較好。」

「監視地點？」

「白天的時候不是說過了嗎？如果國王是利用智慧型手機傳送命令的話，那麼手機很有可能就藏在赤池山。因為假使藏在學校裡面，萬一被人發現的話，國王遊戲就玩不下去了。」

「的確，你說的也許沒錯。之前不是有找撲克牌的命令嗎？要是有人把手機藏在學校裡面，應該早就被發現了。」

「嗯，所以我認為監視通往赤池山的後門比較好。從4樓電腦教室的走廊，剛好可以看到那裡。」

「……也許這是個好辦法。太緊迫盯人的話，反而會引起國王的戒心。如果站在隔壁的走廊向外看的話，也不會有人覺得奇怪。」

「晚上的視野是比較差，但是警方和自衛隊不是有燈光照在那裡嗎？只要發現可疑的人影，我們馬上衝下去，看看到底是誰就行了。」

「這樣的話，那大家得輪流把風才行呢……」

「啊！這點你不用擔心，我可以一直在那裡把風……」

由那舉起右手說。

「反正大家就在隔壁的電腦教室，就算由女生把風也沒問題。」

「不行，一個人全程把風太累了，妳總得睡覺吧。」
「……老實說，連續這幾天我根本睡不著。」
由那低沉地說。
「就算蓋上毯子、閉上眼睛，意識卻還是清醒的，腦子裡不停地胡思亂想。只有在天快亮之前，勉強自己睡30分鐘而已。」
「這樣下去，妳的身體會受不了的。」
夢斗擔心地看著由那。
「要不要跟警察先生說一下，也許可以請醫生幫妳診治。」
「在這種情況下，給醫生診治又如何呢……。而且，我只是睡不著而已。」
「睡不著很危險呢。要是下次的國王命令內容需要消耗體力的話，妳很可能在中途就體力不支昏倒啊。」
「……說得也是。讓大家這麼擔心，我也覺得過意不去。我會去給醫生看看的。」
由那站起來，時貞也跟著起身。
「我陪由那去吧。我擔心其他陣營的人會對她不利。」
兩人走出電腦教室後，風香嘆氣地說：
「我是沒有由拿那麼嚴重，不過打從國王遊戲開始，已經有好幾天沒好好睡覺了。」
「所有人應該都一樣吧。」
夢斗看著電腦螢幕顯示的同學名單說。

——今天又死了2名同學。明天不知道又是誰會死去。一定要盡快找出國王才行。

「大家輪流監視後門吧。與其坐以待斃，不如想辦法自救。」

對於夢斗的提案，風香和其他人一臉認真地點頭贊成。

命令8

【11月5日（星期五）午夜12點0分】

深夜的電腦教室裡，突然響起簡訊鈴聲。

夢斗咬著嘴唇，打開智慧型手機的畫面。

【11／5星期五12：00　寄件者：國王　主旨：國王遊戲　本文：這是赤池山高中2年A班全班同學強制參加的國王遊戲。國王的命令絕對要達成。※不允許中途棄權。※命令8：24小時之後，步數最少的人要接受懲罰。　END】

「步數最少的人要接受懲罰……」

夢斗的眼睛直盯著手機螢幕，口中喃喃自語。

——這次的命令還是和之前一樣，有人必須受罰而死。這是體能的競賽，對女生很不利。

夢斗跑向由那和風香。

「由那、風香，妳們兩個馬上開始走。這次命令的內容，女生比較容易受罰。」

「好！」

風香當場就踏起步來。由那也跟在旁邊來回走動。

「像這樣……連續走24小時……沒問題嗎？」

「嗯。不知道其他陣營的人能走多久，總之，為了保險起見，就照這樣繼續走下去，不要休息。當然，我們男生也是。」

「真是折磨人的命令啊。」

時貞輕輕地拍了拍自己的大腿說。

「不過，我對自己的體能很有信心。我有自信，可以在這個命令中活下來。」

「說來遺憾，我想，這次受罰的可能是女生。」

夢斗盯著電腦螢幕上顯示的女生名單說。

「除了我們陣營之外，女生還有奈留美、伊織、美樹、陽菜子、未玖。」

「誠一郎的陣營沒有女生。」

「嗯。誠一郎大概也鬆了一口氣吧。」

「那個傢伙之前參加過拳擊社，而蒼太的運動神經也不錯。佐登志的話，走路應該不會輸給女生才對。當然，就算是男生，如果偷懶還是會有危險的。不過，在這種情況下應該沒有人那麼悠閒吧。」

「說得也是……」

不經意地往窗戶外面看去，操場上已經出現好幾個人影在那裡快速走動。夢斗認出他們幾個是奈留美的陣營。奈留美在最前面帶頭，後面跟著的是陽平、久志和伊織。

「奈留美他們這麼快就行動了。」

「我們也要去操場嗎？在寬闊的地方走起來比較快。」

聽到時貞的建議，夢斗搖搖頭。

「不，也許這次的命令反而是好機會。」

「好機會？」

「嗯。我們可以到處走動，而且不會讓國王起疑。這樣，我們就可以監視可疑的人了。」

「原來如此。說得有道理，那我們就假裝若無其事，在蒼太附近走來走去吧。」

「不只有蒼太而已，其他的國王嫌疑人都要監視。」

「你說的嫌疑人，是指被警察鎖定的武嗎？」

「是的。另外，還有幾個我也不放心……」

夢斗把左手拇指貼在嘴邊說。

「……雖然伊織解釋那天是宗介把她找來學校的，可是我還是懷疑，為什麼她會那麼早就來學校。還有佐登志……」

「佐登志？那傢伙以前老是欺負智輝，不太可能會為了替智輝報仇，而發動國王遊戲吧？」

「也許不是為了替智輝報仇，而是想要享受殺人的樂趣。我記得在國王遊戲發生之前，他就習慣隨身攜帶刀子。別忘了，殺死若葉的人可是佐登志呢。」

夢斗的聲音微微顫抖著。

「你們沒有發覺，佐登志有點不一樣嗎？」

「不一樣？哪裡不一樣？」

風香邊踏步，邊問夢斗。

「雖然那傢伙的個性是陰沉了點，也不受女生歡迎，可是不像是國王啊。他就像是誠一郎的小跟班而已。」

「之前我跟他說話的時候，覺得他好像變了個人。」

「變了個人？」

「嗯。比方說，剛開始說話的時候，態度還算客氣，可是越說語氣卻越狂妄，而且還會突然發脾氣。也許，他有雙重人格喔。」

「雙重人格嗎……」

「嗯。就算佐登志不是國王，也要提防著點。說不定，他比誠一郎或蒼太還要危險。」

「是啊。還是離佐登志遠一點比較安全。對了，我贊成你說的那個監視的提議。既然要不停地走，不如趁這個機會找出國王。我來負責監視伊織。女生監視女生比較方便。」

「也對。由那，後門就由妳負責可以嗎？只要在走廊上走來走去，不時地往窗外看出去就行了。」

「好，我會的。」

由那點頭同意。

「那夢斗你們呢？」

「我來監視蒼太和佐登志。他們和誠一郎是同陣營，應該會在一起行動才對。」

「那我來監視武。」

時貞像在做熱身動作一樣地轉動脖子。

「英行那個陣營也不能放過。因為美樹、陽菜子，還有未玖也有可能是國王。」

「那麼，我和夢斗一起行動好了。」

星也從椅子上站起來，走向夢斗。

「因為蒼太和佐登志有可能會分頭行動。」

「嗯。不過要記住，監視不是主要任務。大家還是要繼續走，千萬不要讓自己受到懲罰。」

夢斗來回看著同伴們的臉，這麼叮嚀著。

——無論如何，都要想辦法在這次的命令中活下去！我們陣營的人都要活著！

夢斗和星也在教室大樓周邊走來走去，眼睛不時地往一樓會議室偷看。那裡是誠一郎等人最常聚集的地方。

星也舉起單手，遮住從枹櫟樹的葉片之間照射下來的陽光。他貼近夢斗的耳邊說：

「他們3個人好像一直待在會議室裡面呢。」

「嗯。很可能是在休息吧。」

夢斗這麼回答，眼睛盯著會議室的窗戶外面。

剛才還看到誠一郎、蒼太、佐登志那3個人在操場的跑道上邊走路邊聊天，看起來絲毫沒有緊張感。體能是這次國王命令的最重要條件，他們可能以為自己是男生，有自信不會受到懲罰吧。

「這是一場體能競賽，但是連續跑24小時也是不可能的。我們乾脆也休息一下吧，從這裡正好可以看到會議室的窗戶。」

「嗯，我的腳也在抗議了呢。」

星也用手揉揉大腿說。

「由那她們還繼續走嗎？」

「風香是不用擔心，她的求生意志很強。可是由那的話，她之前說連續好幾天都沒睡，真擔心她的體力撐不住呢。」

「這樣下去的話，女生真的會受罰。」

「情況對女生不利，這點是很肯定的。」

夢斗低聲地說，一面拿起手帕擦去額頭上冒出的汗水。

「一開始差距不會很大。可是連續走24小時下來，男生只要縮短休息時間，就可以超過了。」

「……我不希望由那她們死。」

星也若有所思地喃喃自語。

「在國王遊戲開始之前，我都是一個人獨來獨往。可是自從加入你們的陣營之後終於了解，同伴有多麼珍貴。」

「嗯，我的想法跟你一樣。不只是由那、風香，我也不希望星也和時貞死去。」

「……要是知道國王是誰就好了，這樣就可以教訓國王。」

「你是說，讓他走不下去……？」

「是啊。把手腳綁起來，關在工具室裡的話，他就會被自己發出的命令給殺死了。」

「啊！這個主意很不錯呢！」

突然，夢斗背後傳來男生的聲音。夢斗轉過頭看，誠一郎就站在那裡。

「誠一郎……」

夢斗才發出驚呼，誠一郎的拳頭已經揮了過來。在感覺到一陣強烈的衝擊後，夢斗的意識漸漸模糊了。

「夢斗！」

朦朧之中還可以聽見星也的呼喚。但是沒多久，眼前便陷入一片空白，星也的聲音也消失了。

睜開眼睛，映入眼簾的是被夕陽染成一片橘黃色的操場。

「唔……嗯嗯……」

夢斗撫著頭，撐起身體坐直。

悶痛的感覺還在，沾了沙子的嘴唇歪向一邊。

「我挨了誠一郎的拳頭嗎……」

夢斗嘀咕著。看看四周，眼前一個人影也沒有。

「他到底想做什麼啊……」

夢斗緩緩地站起身來，拿出手機打給星也。星也沒有接電話。

「難道……」

夢斗搖搖晃晃地往會議室走去。

打開會議室的門，誠一郎和佐登志就在裡面。兩人坐在一張長桌子上面，臉頰因為塞滿零食而鼓了起來。

誠一郎看到夢斗，不懷好意地笑了。

「喔，你終於醒來啦？我的右拳是不是很硬啊？以前健身房的教練還問過我，想不想當職業拳擊手呢。」

「我不想聽這些。星也人呢？」

「綁起來監禁了。」

「監禁……」

「幹嘛那麼吃驚。這點子是星也自己說的不是嗎？要把國王關起來，讓國王接受自己的懲罰。」

「誰說星也是國王的！」

夢斗瞪著身材比自己高大的誠一郎。

「星也只是被警方列為嫌疑人而已。有嫌疑的人很多啊。」

「可是如果國王不是宗介，當然就屬星也嫌疑最大囉。你也不敢保證，星也絕對不是國王吧。」

誠一郎把手搭在夢斗的肩上說。

「轉學生，我知道你也不想死。既然這樣，我們不妨來賭一賭，星也是不是國王？要是星也死了以後，國王的命令沒再傳給我們的話，就表示那傢伙是國王了。」

「萬一弄錯人了怎麼辦？」

「那他也只好自認倒楣了。這次的命令橫豎都得死一個。既然這樣，就由嫌疑最大的人來受罰囉。」

「跟你說再多也是白費唇舌。不管怎樣，我一定要救星也。」

「那是不可能的。」

「你們不打算告訴我，監禁星也的地點嗎？」

「不，我們把他關在工具室裡，而且還上了鎖。」

「上鎖……？」

「是啊。那間工具室是水泥蓋的，門也是不鏽鋼材質。沒有鑰匙的話，是打不開的。」

聽到誠一郎這麼說，夢斗豎起眉毛揮開他的手，往前踏出一步。

「把鑰匙交出來。」

「喔……如果我不肯，你能拿我怎麼樣嗎？」

「我用搶的也要搶到手。」

「啊？剛才被我一拳打昏的人，還敢說大話呢。」

「不管被打倒幾次都無所謂，反正我非搶到手不可。」

「……哼，果然被蒼太料中了，他說你一定會有這種反應。」

誠一郎的拳頭，輕輕地頂著夢斗的胸膛。

「那我就老實跟你說吧，鑰匙不在我身上。」

「不在你身上？」

「是的。蒼太早就料到你會來搶鑰匙，所以我把鑰匙交給他了。他好像把鑰匙藏在什麼地方了。」

「……蒼太人在哪裡？」

「他擔心被你找到，跑去躲起來啦。喔、對了對了。」

誠一郎從上衣口袋裡，取出一張折起來的紙，交給夢斗。

「這是蒼太要我轉交給你的。上面好像寫了關於鑰匙藏在什麼地方的提示。」

「提示？」

夢斗接過紙，打開來看。

『namishiranamanrana。』

「namishira……這是什麼意思？」

「蒼太沒告訴我。他說我還是不要知道答案比較好。也對，要是我知道鑰匙藏在哪裡，你一定會不擇手段逼問我。蒼太果然料事如神，預先看穿這一切呢。」

從剛才就一直站在誠一郎旁邊，皮笑肉不笑的佐登志也開口說話了。

「夢斗，就算你找到了鑰匙，我勸你還是不要救星也。你們是同陣營，你當然不會認為他是國王。可是客觀來看，星也這傢伙嫌疑最大啊。」

「……是嗎，但是依我看，你才是國王的首要嫌疑人呢。」

「我嗎？」

「國王殺了我們班好幾名同學，而你殺了若葉，而且動機跟國王遊戲無關。」

夢斗的視線又回到誠一郎身上。

「誠一郎，你的膽子可真大。站在你身邊的那個人是殺同學的凶手啊。」

「你說這些有什麼用意？想挑撥離間嗎？」

「不，我只是把心裡的想法誠實說出來而已。我勸你最好小心點，佐登志身上隨時都有帶刀，要是被他從背後捅一刀，就算是練拳擊的身體也擋不住吧。」

「……哼。你是說，佐登志會殺我？那是不可能的。」

「這可難說喔。啊、我想起來了，聽說第一個被國王殺死的再生信徒，就是被利刃刺死的。」

「……」

看到啞口無言的誠一郎，夢斗笑著繼續說。

「國王的嫌疑人有好幾個。你的身邊當然也少不了囉。」

【11月5日（星期五）晚間6點12分】

夢斗站在工具室前面，調整急促混亂的呼吸。工具室是水泥建造，門則是不鏽鋼材質，上面掛著一個大鎖。

「就是這個鎖嗎……」

夢斗用力拉扯大鎖。但是，除了喀啦喀啦的撞擊聲之外，鎖還是文風不動。

夢斗的拳頭用力敲打鐵門。

「星也！星也！」

叫了幾聲之後，門的另一邊終於傳來含糊的說話聲。

「……是夢斗嗎？」

「嗯。你沒事吧？」

「還好。不過挨打的下巴很痛，手腳也被綁起來了。」

「這是誠一郎設下的陷阱，他要讓你受罰。你自己有辦法鬆開繩子嗎？」

「從剛才就一直在試了，但就是鬆不開，綁得太緊了。」

「好。我馬上去找工具室的鑰匙，很快就回來。」

「工具室的鑰匙掛在教職員室的牆上。」

「不，鑰匙好像被蒼太藏起來了。」

「藏起來了？那我不就出不去了？」

門的另一邊傳來焦急的聲音。
「再這樣下去，我會受到懲罰啊……」
「堅持下去！我和大家去找鑰匙。你也要盡量想辦法解開繩子，知道嗎？」
「嗯……好。」
「我們一定會救你出來的！」
夢斗用力握拳，往教室大樓跑去。

在電腦教室前的走廊上，夢斗正在向隊友們說明事件的經過。
「只要能破解提示，就可以知道鑰匙藏在哪裡了嗎？」
風香這麼問。夢斗點頭回應。
「或許誠一郎是騙我的吧，但是現在也只能相信了。」
夢斗把那張寫有『namishiranamanrana』的紙條拿給大家看。
「看了也是一頭霧水。我想，這個提示寫的是地點吧……」
「破解提示和找鑰匙的工作就交給你們了。」
時貞這麼說，一面轉動右手臂。
「我去找躲起來的蒼太。抓到他之後，直接問他鑰匙藏在哪裡。這回和上次找石柱的時候不一樣，會多加嚴刑逼供的過程呢。」
「蒼太就是怕這樣才會跑去躲起來吧，而且他為了引開我們的注意，還給了提示。」

夢斗說話的同時，口袋裡的智慧型手機突然響起。

取出手機貼在耳邊，麥克風傳來蒼太的聲音。

「嗨，夢斗……沒嚇到吧？我是看了岩本老師抽屜裡的學生名冊打給你的。」

「蒼太！」

夢斗對著麥克風大喊。

「你人在哪裡？」

「我要是說了，你們就會跑來抓我，那就麻煩啦。而且，我不是給你提示了嗎？誠一郎有把那張紙給你吧。」

「不要管什麼提示了，直接告訴我吧。蒼太，你不是認為國王可能是女生嗎？既然這樣，你把星也關起來有什麼意義呢？」

「嗯。我是這麼想沒錯，可是誠一郎卻認為，如果國王不是宗介，就是星也或武。他們本來就是被警方鎖定的嫌疑人。而且星也的筆電裡面，不是有修正過的奈米女王程式嗎？」

「就算是這樣，警方也沒把他關起來，因為誰也無法證實星也就是國王啊！」

「這點我明白，不過我們可是在玩國王遊戲呢。這麼做也可以想成是懲罰可疑分子啊。」

蒼太的笑聲，透過智慧型手機的麥克風傳了出來。

「想要救星也，就趕快找到鑰匙吧。那張紙上面的提示，並沒有很難吧。」

「……那個提示，是真的嗎？」

「要是我騙你的話，你可以殺了我，我也不會有怨言。啊……我還有別的事要忙，先掛電話囉。」

「你還有什麼事要忙？」

「當然是去找可能被國王藏起來的手機啊。只要找到手機，國王就沒辦法再發出命令了。」

「……這是你的伎倆吧？你以為這麼說，就不會被懷疑是國王對吧。」

「哈哈，夢斗，你的疑心病還真重。不過，在這種情況下也不能怪你啦。」

「我很了解你這個人，你殺人絕不會手軟的。」

「至少，我知道自己並不是國王，你這個轉學生應該也不是。總之，為了活命，大家一起加油吧。我可是好心才會給你提示喔。那麼，待會兒見囉。」

切斷通話後，夢斗馬上把談話內容說給同陣營的夥伴聽。

「……提示應該是真的。而且，我知道蒼太的真正用意。」

「用意？什麼用意？」

由那問夢斗。

「蒼太想利用這個機會，找出被國王藏起來的手機。只要我們去找鑰匙，就有可能找出手機。」

「如果找到手機，也許可以解除這次的命令。」

「這很難說。說不定，解除的指令必須直接在電腦上操作才行。總之，我們還是以找鑰匙為優先。」

「沒錯。再不快點找到鑰匙的話，星也就要受處罰了……」

「為了不讓星也受罰，我們一定要破解提示。」
風香看著夢斗手上的那張紙，發出沉吟。
「光靠『namishiranamanrana』這幾個字，實在是猜不出來啊。」
「蒼太說過，答案並不難。」
「不難……是嗎？我覺得值得注意的是，這個字串裡有3個『na』。」
「『ra』也有2個。目前知道的，就只有9個字母而已……」
「……夢斗，先不管這些。你把提示寫在小紙條上，我們邊走邊想。」
「好。在破解提示之前，大家先分頭去找鑰匙吧。」
夢斗握著那張寫有提示的紙條，手微微顫抖著。
——只能邊走邊想，該怎麼破解提示了。救出星也固然重要，但是也不能讓其他同伴受到懲罰。
一想到同伴受到懲罰的慘狀，夢斗的額頭滴下了冷汗。
「這間教室也沒有嗎……」
夢斗在三樓的最後一間教室裡嘆著氣說。
往窗外看去，操場那裡有好幾個黑色的人影在走動。大概是英行的陣營吧。
——他們還不知道星也被關起來了吧，如果知道，就不會那麼賣力走了。
夢斗緊咬牙關，牙齒發出喀哩喀哩的聲音。

「得盡快找出鑰匙才行……」

夢斗從口袋裡拿出那張寫有提示的紙。

「『namishiranamannrana』……有9個字母……」

腦海瞬間浮現出蒼太詭異的笑容。

——以蒼太的個性，為了整我們，很可能會藏在一個讓人大叫一聲「啊」的地方……。

「難道是……」

夢斗看向天花板。

走進電腦教室，裡面一個人影也沒有。

打開放在教室角落裡的星也書包。裡面有教科書、筆記本、鉛筆盒和眼鏡盒。

「……猜錯了嗎？原以為那些提示指的是學校的電腦教室，鑰匙就藏在星也的書包裡呢。」

夢斗轉而看向放在附近的由那等人的書包，但是馬上又用力搖頭。

「我來檢查女生的書包似乎不妥，還是打手機叫由那她們自己來看吧。」

夢斗看著電腦螢幕。電源是開啟的，螢幕畫面顯示的是美麗的溪谷風景。看到電腦前的鍵盤時，夢斗突然「啊」地叫出聲音。

「是JIS密碼！『namishiranamannrana』的『na』是『U』、『mi』是『N』……拼起來的意思是『UNDOUJYOU（運動場）』，也就是操場！」

夢斗趕緊拿起智慧型手機，通知每個同伴。

夢斗敲著工具室的鐵門，大聲說：

「星也，已經知道藏鑰匙的地方啦。」

「……已經知道了嗎？」

門的後面傳來星也的聲音。

「那你們找到鑰匙了嗎？」

「不，好像是藏在操場。大家現在都在操場那裡找呢。」

「……也就是還沒找到吧。」

「一定會找到的！」

夢斗把嘴靠近工具室的門。

「大家都說找到鑰匙之前絕不休息。」

「大家？」

「是啊，操場雖然很大，可是可以藏東西的地方並不多。我們從教職員室裡面拿到了手電筒，所以天黑之後，還是可以繼續找。」

「……謝謝你們。」

沉默了十幾秒之後，門的另一邊傳來星也開朗的聲音。

「對了，我已經解開繩子了。」

「咦？那麼，你可以走了？」

「嗯。雖然耽擱了不少時間，不過換個角度想，這是個好機會啊。」

「好機會？」

「我猜，誠一郎陣營現在應該鬆懈下來了。因為是他們把我綁起來監禁的。」

「對喔！他們以為會受懲罰的人是星也，所以就懶得走了。」

「你去跟大家說，不用急著找鑰匙。雖然我不想被關在裡面，可是我留在裡面，對我們陣營比較有利。」

「我知道了。距離時限還剩15個小時，只要認真走的話，還是有機會超過誠一郎他們。加油喔！」

「嗯，夢斗你們也要加油。」

「那麼，我繼續去找鑰匙了。邊找鑰匙邊走路，真是一石二鳥啊。」

「啊……夢斗。」

夢斗正要離開的時候，被星也叫住了。

「嗯？怎麼了？」

「……能加入你的陣營，真的很幸運。謝謝你。」

「感謝的話留著跟大家說吧。先想辦法通過這次的命令要緊。」

「我明白了。那麼，待會兒見……。」

夢斗在工具室的鐵門上輕敲兩下，代替回答。

夢斗和伙伴們開始在操場找鑰匙。他們拿著從教職員辦公室找來的手電筒，像在種田一樣排成一列，把操場上的沙土撥開。

「鑰匙很小，很有可能會埋在土裡面。千萬不要遺漏了。」

聽到夢斗這麼叮嚀，其他人都表示同意。

「嗯。時貞，你要注意找喔，粗心大意的話，大夥兒就白忙了。」

「知道啦。別小看我，我其實很擅長精密作業呢。倒是妳，不是睡眠不足嗎？要不要休息？」

「我撐得住。反正也得一直走才行啊。」

看到同伴們彎著身子，專心尋找鑰匙的模樣，夢斗感到一陣暖流通過胸口。

——只要同心協力，這次我們一定也能活下去的！不，不只是這次，一定可以撐到最後的！

夢斗用力咬著嘴唇，繼續尋找鑰匙。

「可惡！什麼都沒有找到！」

時貞往地上踹了一腳，忍不住咒罵。

「蒼太那傢伙真的把鑰匙藏在操場嗎？」

「他應該沒有騙我才對啊……」

夢斗擦掉額頭流下的汗水，眼睛來回看著操場。在陽光的照射下，操場變成了一片淡黃色。地上也殘存找鑰匙所留下的波浪狀痕跡。

「雖然星也現在可以在工具室裡踏步，有機會不必受到懲罰。可是，下一次的命令該怎麼辦呢？」

「是啊。就算平安通過這次的命令，可是只要國王不死，就會有下一次的命令啊。」

「嗯，要是下次也是考驗體能的內容，那就危險了。」

夢斗看著疲憊不堪的由那和風香。

「……我打手機給蒼太。距離截止時間剩下不到3分鐘，說不定，他會願意透露鑰匙藏在哪裡。」

夢斗拿出口袋裡的智慧型手機，撥給蒼太。麥克風很快傳來蒼太的聲音。

「夢斗，你們好像順利解開提示了。我從教室這邊，看到你們在操場那裡聚集呢。有沒有找到國王藏的手機啊？」

「你果然是為了這個目的。很遺憾，什麼都沒有找到。」

「這樣啊，不過我本來就不抱什麼期待啦。我們這邊也翻遍了教室大樓和社團大樓，可是還是沒找到。」

「先不說這些，快告訴我們鑰匙藏在哪裡吧？距離命令結束剩下不到5分鐘了不是嗎？」

「什麼？你們沒找到鑰匙嗎？我故意藏在容易找到的地方呢。」

「到底是哪裡？」

「告訴你們也無妨。可是救不了星也，找到鑰匙又有什麼意義呢？他的步數絕對趕不上大家的。或者，你們想親眼目睹星也受懲罰的現場？」

「……隨便你怎麼想。總之，不到最後一刻，我們絕不會放棄星也。」

夢斗冷靜地回答。

「無論如何，總不能把星也一直關在工具室裡吧。」

「說得也是啦。既然已經確定，操場那邊找不到和國王有關的線索，我就告訴你們吧。鑰匙就藏在升旗台的支架下。」

「支架下……？」

「我在那裡用美工刀挖了一道凹槽，把鑰匙塞進去。這樣就不容易被發現了。啊、已經超過12點囉。」

「那也無所謂！」

夢斗切斷通話後，向時貞大喊。

「就在升旗台的支架下！鑰匙藏在那裡！」

夢斗一行人拿著在升旗台那邊找到的鑰匙，插進工具室的大鎖鎖孔。大鎖喀啦一聲打開了。

夢斗等人打開鐵門，衝進工具室裡。

「星也，找到鑰……」

夢斗話說到一半就停了。因為他看到一名雙眼圓睜的少年，躺在地上的血泊中。臉和頭部的皮膚完全剝落，皮膚的碎片四處散落。看起來像是一具穿著學生制服的人體模型。

「怎……怎麼會這樣……」

夢斗像機器人一般，動作僵硬地走近屍體。少年的手腳被繩子緊緊綁住，頭旁邊掉了一副看起來很熟悉的眼鏡。地面上留著幾個血字，字跡非常潦草。大概是在手腳被綁住的情況下，勉強用手指寫下的吧。

『對不起。』

看著那幾個字，夢斗恍然大悟。

「星也說解開繩子是騙我的……」

——為了不讓我們擔心，星也故意騙我說繩子解開了。其實那時候，他就知道自己凶多吉少了。

夢斗的腦海裡，彷彿又聽到星也說的那些話。

『……能加入你的陣營，真的很幸運。謝謝你。』

「星也……這次沒能救你，對不起。我沒有遵守約定。」

背後傳出了由那和風香啜泣的聲音。

夢斗用手背抹去眼眶裡的淚水。

命令9

【11月6日（星期六）中午12點28分】

「星也……高橋星也。」

在校門前，夢斗把一具用床單包裹起來的遺體放在地上。

「他是受到國王遊戲的懲罰而死的。」

「是嗎……」

穿著防護衣的宮內聲音低沉地回應。同樣穿著防護衣的川島就站在他身邊。

「知道了，我們會運走他的遺體。等凱爾德病毒清除乾淨之後，再轉交給他的家人。」

「宮內先生，我有問題想問你。」

「說吧，我會盡我所能回答。你應該知道，我們能提供的情報是有受到限制的。」

「你們在星也家的電腦裡面，發現了修正過的奈米女王程式嗎？」

「你怎麼知道？」

「這你不用管，先回答我是或不是。」

「……是的。所以，剛開始的時候，我們曾經懷疑過高橋星也。」

「剛開始的時候？」

夢斗皺起眉頭。

「你說的剛開始，是什麼意思？」

「經過調查，星也的電腦其實是遭到病毒感染。那個病毒利用遠端操作，把奈米女王的程式偷偷灌進他的電腦裡面。」
「遠端操作？」
「是啊。國王遊戲一開始就計畫要讓星也成為嫌疑人。」
「是嗎……原來如此……」
「犯人的計畫非常周詳。目的是要增加嫌疑人的數量，好讓你們互相猜忌，自相殘殺。」
「星也就是這樣死的，他被我們班的同學監禁了起來……」
夢斗正在喃喃自語時，背後傳來腳步聲。夢斗轉過頭去看，誠一郎和佐登志就站在那裡。
看到他們兩個，夢斗皺起了眉頭。
誠一郎看到地上那具包裹著床單的屍體，嘴角露出了笑容。
「看樣子，國王終於死了。」
「國王？」
「星也就是國王啊，轉學生。」
誠一郎從口袋裡掏出智慧型手機，把螢幕畫面拿給夢斗看。
「你知道現在幾點吧？超過12點了。可是國王遊戲的命令並沒有傳來。你知道這代表什麼意思吧？因為星也是國王，所以命令才沒有傳來。」
「……」
「哼，無話可說了吧。」
誠一郎推開夢斗，走到宮內面前。

「喂，刑警先生。星也是被我關起來的沒錯，可是我應該沒有罪吧？星也是死於國王遊戲的懲罰。」

「……是的，你不會被判刑。」

聽到宮內的話，誠一郎高聲笑了。

「哈哈哈哈！那還用說嗎？你們應該反過來表揚我才對，因為是我結束了國王遊戲啊！」

「誠一郎真的很了不起。」

佐登志拚命點頭，瘦得像竹竿的手臂在胸前交叉。

「老實說，我就猜不出誰是國王。因為除了星也，還有好幾個嫌疑人。」

「遇到這種時候，最有嫌疑的那個人就是了。這又不像推理小說，犯人總是最出人意料的那個。所以，如果國王不是失蹤多日的宗介，就是對電腦很拿手的嫌疑人星也。國王的命令都沒有再傳來，這就證明了星也是國王。」

「有道理。雖然目前還沒有抗體，我們體內的凱爾德病毒也不會消失。不過，只要命令不再來，就沒什麼好擔心的了。」

「沒錯！佐登志，你去通知其他陣營的同學，說國王遊戲結束了。」

誠一郎露出雪白的牙齒，看著夢斗說。

「轉學生，你也要感謝我喔。你能夠活下來，都是託我的福呢。」

這時候，夢斗、誠一郎、佐登志的智慧型手機同時傳出簡訊的鈴聲。

原本帶著勝利笑容的誠一郎，臉色瞬間發白。

夢斗用力咬著嘴唇，看著智慧型手機的液晶螢幕。

【11／6星期六12：43　寄件者：國王　主旨：國王遊戲　本文：這是赤池山高中2年A班全班同學強制參加的國王遊戲。國王的命令絕對要在24小時之內達成。※不允許中途棄權。※命令9：藤原誠一郎與熊谷佐登志兩人，合計要殺死3名同學。除了國王以外的學生，在看完這則簡訊後馬上閉起眼睛。不服從命令的人要接受懲罰。　END】

一看完命令，夢斗立刻閉起眼睛，匆忙離開現場。背後傳來誠一郎和佐登志的聲音。

「嗄！這是什麼命令？為什麼還會收到命令？國王不是星也嗎？」

「難、難道，星也不是國王……」

「看樣子，應該不是他。」

川島冷靜地說。

「高橋星也畢竟只是有嫌疑而已。他死了之後，還有新的命令傳來，就表示國王另有其人。犯人寄給我們警方的信中有提到，只要他死了，國王遊戲就會結束。」

「這麼說……國王遊戲還會繼續下去……」

誠一郎聲音乾啞地說。

「啊！等等！那個轉學生跑到哪裡去了？他在哪？」

「剛才明明還站在誠一郎旁邊的啊。」

「啊，已經不見了。被那傢伙逃走了，可惡！」

「夢斗，跟我們好好談吧。我們不會馬上殺掉你的，因為警察就在這裡啊。」

——誰會相信你們的鬼話！

夢斗在心裡這麼嘀咕著，一面在黑暗中繼續前進。

——先和陣營的伙伴們會合，快點找個地方躲起來要緊。現在集合的地點，誠一郎他們已經知道了。

汗水從緊閉的眼皮流下。每次，眼皮忍不住要睜開時，夢斗就連忙舉起右手摀住上半部的臉。

「一定要小心……」

夢斗的左手往前摸索，繼續朝教室大樓的方向前進。

一打開電腦教室的門，夢斗立刻開口問。

「大家都在嗎？」

「夢斗？」

由那的說話聲和腳步聲同時傳來。

「都在，我們正在等你回來呢。」

「好，馬上離開這裡。」

「要去哪裡？」

「學校外面。不過，誠一郎他們很可能已經在出口附近埋伏，我們先躲到理科準備室！記住，絕對不可以睜開眼睛喔！」

夢斗這麼說。由那、風香和時貞都表示贊同。

夢斗一行人躡手躡腳地來到走廊。抓著夢斗的衣角，跟在他背後的風香，靠近夢斗的耳邊低聲說。

「好像沒有人。」

「還是要小心！佐登志手裡有武器，誠一郎應該也有。」

「我知道。誠一郎那個人，就算沒有拿武器也很危險。」

「他好像有在練拳擊。我挨過他的拳頭，所以很清楚。啊、不能說太多，大家要安靜地前進。」

夢斗和伙伴們閉著眼睛和嘴巴，悄悄地往樓梯的方向走去。

打開理科準備室的門，夢斗呼地吐了一口氣。

「先在這裡休息一下吧。」

「嗯。話說回來，真是傷腦筋。」

是時貞說話的聲音。

「沒想到，眼睛看不到會這麼辛苦。剛才下樓梯的時候，我都快怕死了。」

「嗯。之前我從校門口走回電腦教室也花了快10分鐘，平常的話，只要短短幾分鐘就能到了。」

「原來我們平時是這麼依賴眼睛啊。」

「別說這些了，先想想看，接下來該怎麼做吧。」

風香用手摸了夢斗的肩膀說。

「總不能一直躲在這裡吧。要是誠一郎發現沒有人離開教室大樓，肯定會跑來找我們。」

「不只我們，每個人都是他的目標吧。」

夢斗閉著眼睛回答。

「誠一郎和佐登志兩個人，合計要殺死3名同學才行，否則就要受罰。依他們兩個的個性，就算殺死同學也不會手軟的。」

「這次的命令，同樣也是非得有人死不可。」

「嗯，而且至少得死2個。搞不好我們全都會死。因為只要睜開眼睛，就會受到懲罰。」

「還是先拿毛巾或什麼的，把眼睛遮起來比較好吧。」

「也好。畢竟要持續24小時，這樣的話，睡覺時也會有危險。因為一般人起床的時候，眼睛會習慣性張開。」

「可是，這裡有東西可以拿來遮眼睛嗎？……啊！」

突然間，有東西掉到地上的聲音傳了過來。

「唔！撞到東西了。好像是……圖鑑什麼的。」

「小心點。現在受傷的話就糟了，沒有人可以幫忙治療，也沒辦法上藥。」

「嗯。我想起來了，在這次的命令中，只有國王可以睜開眼睛是嗎？」

「是的。這就表示，國王是我們其中之一。」

夢斗這麼回答風香的問題。

「如果沒有感染凱爾德病毒的宗介是國王的話，就不需下這道命令了。當然，這也可能是一種障眼法。」

「只剩下15名同學生還……如果把宗介算進來的話，我們這16個人當中，有人是國王囉？」

「應該沒錯。國王會挑我們班進行國王遊戲，表示跟我們班有關係。」

「沒想到星也不是國王呢……」

由那低聲喃喃自語。

「我曾經懷疑過星也，希望他不是國王……」

「我也是。畢竟，星也是嫌疑人之一。」

眼皮的內側，浮現出星也的模樣，臉上還帶著淒涼的微笑。

「……眼前，還是先想想接下來該怎麼做吧。我不想再失去你們之中的任何一位了，因為我們都是同陣營的伙伴。」

「我也不希望再有伙伴死去了。」

時貞的聲音傳進了夢斗的耳裡。

「國王遊戲開始之前，我並不關心班上的同學。可是現在我卻希望高中畢業後，我們還能繼續當好朋友。」

「那也得我們都活著才行啊。」

「說得對。我們相約過了20歲要一起喝酒！我想那個時候，我家的工廠一定重振起來了。到時我會請你來，當然，也會請由那和風香。」

聽到時貞這麼說，閉著眼睛的夢斗笑了。

【11月6日（星期六）下午2點53分】

夢斗小心翼翼地走下樓梯。因為規定必須閉著眼睛行動，所以也無從得知周圍的情況。儘管四周沒有傳出什麼可疑的動靜，不過閉著眼睛走路的壓力實在太大，夢斗因此流了滿身汗，連上衣都濕透了。

——不要怕。誠一郎他們同樣不能睜開眼睛，而且情況對我們比較有利。

夢斗伸出右手摸索，確認了牆壁的位置。

——下了樓梯之後，如果摸不到牆，就表示那裡是玄關。得小心不要撞到鞋櫃。到了之後只要打開門，就可以逃出去了……。

夢斗左手摸著牆，小心翼翼地移動。幾分鐘之後摸不到牆，夢斗知道已經來到了玄關。吐了一口氣後，又繼續往前。就在開門的瞬間，背後傳來咻咻咻劃破空氣的風聲。夢斗立刻聯想到是刀子的聲音。

「誰？」

是佐登志的聲音。

「……算了，不管是誰都行。反正應該不是誠一郎。」

「是我。」

夢斗一面往後退，一面回答。

「聽你這麼說，誠一郎好像在別的地方呢。」

「原來是夢斗……」

夢斗聽見了鞋底踩在沙地上的摩擦聲。

「為了避免殺到自己人，誠一郎跑去看守後門了。現在，只要一發現會動的人，動手殺就對了。」

「也包括跟你們同陣營的蒼太嗎？」

「蒼太他會跟我們打招呼，我們不會殺他的。」

佐登志說話的同時，又傳出刀子咻咻咻的揮舞聲。

夢斗想像自己的位置，小心地移動著。

「不過，能發現你也算是幸運了。」

「怎麼說？」

「因為我早就想殺你了。」

佐登志說話的語氣有了變化。

「你從我身邊搶走了若葉。」

「殺死若葉的人，不是你自己嗎？」

「誰叫她要喜歡你，所以是罪有應得。」

「罪有應得？」

夢斗停下腳步，大聲說：

「明明跟國王遊戲無關，可是你卻拿刀殺若葉……」

「背叛者本來就該死。那種骯髒的女人，誰稀罕。」

「骯髒……」

夢斗用力咬著嘴唇。透過緊閉的眼皮，怒瞪著眼前的佐登志。

「我本來就不打算死，現在更是不想被你殺死。」

夢斗說話的同時，前額的頭髮突然被削去了幾公分。

「哈、哈哈！你就在附近啊？怎麼不乖乖閉上嘴逃命去呢。」

佐登志高調的笑聲，傳進夢斗的耳裡。

「這是我的計策。」

「計策？」

「是的。就是現在，伙伴們！」

夢斗大喊。很快的，從教室大樓那邊傳出好幾個人的腳步聲。

「啊、可惡！」

「來不及了。只要他們跑出教室大樓，可以躲的地方就像山一樣多了。」

夢斗也快步離開現場。

「可惡！竟敢耍我！」

佐登志揮動刀子，發出咻咻咻的風聲。

「在哪裡？人跑到哪去了？」

夢斗沒有回答他，而是朝社團教室的方向前進。

夢斗和剩下的幾個伙伴，聚集在社團教室附近的焚化爐前面。

「現在是晚上7點43分。剛剛我聽過報時，錯不了。」

是風香說話的聲音。

「天色應該已經暗了。不過，我們還是得閉著眼睛，所以沒差。」

「是啊。問題是，現在躲到外面去的話會很冷……」

夢斗閉著眼睛，皺起眉頭。

「早知道應該拿毯子一起逃出來的，還有食物。」

「還好只有1天，沒關係。現在回教室拿太危險了。」

「我也撐得住。」

由那的聲音，從另一個方向傳過來。

「在這種情況下，實在沒什麼食慾……」

「多少吃一些比較好，因為國王遊戲可能還會繼續下去。」

「你的意思是，國王不會被誠一郎他們殺死嗎？」

「嗯。命令裡面不是規定『除了國王以外的學生，要閉起眼睛』嗎？國王當然有充裕的時間可以逃命。雖然很遺憾，不過下一道命令還是會來吧。」

「是嗎……過了這一關，還會有下一關……」

聽到由那沮喪的聲音，用毛巾綁住眼睛的時貞開口了。

「暫時不要煩惱那些了。眼前最重要的，還是想辦法躲過誠一郎他們的追殺要緊。我想，他們絕對不會那麼輕易放棄的。」

「說不定現在這時候，已經有人被他們殺死了。」

「在摸石柱的命令中，他們還可以和奈留美的陣營並肩作戰。可是這次的命令並不需要。所以，除了誠一郎他們自己之外，誰都有可能成為被追殺的對象。」

「而且最傷腦筋的是，我們完全無法掌握目前的情況。」

夢斗舔了舔乾澀的嘴唇說。

「我想，誠一郎他們會鎖定躲在教室大樓裡的同學吧。所以其他陣營的人，有可能也會逃到這裡來。」

「這樣看來，我和夢斗還是得按照計畫進行了。也就是把誠一郎他們引到赤池山，爭取時間。」

「可是，這麼做太危險了。」

「躲在這裡也一樣危險。距離命令結束，至少還有17個小時。只要來個聲東擊西，讓誠一郎他們疲於奔命，應該可以爭取不少時間。」

「有道理，要是能讓他們誤以為我們躲在赤池山上，那他們跑來這裡的可能性就會大大降低了……」

夢斗朝由那和風香所在的方向說。

——誠一郎很可能會以容易抓到的女生為主要目標。所以，我和時貞一定要保護由那和風香才行！

伸出去的手終於摸到牆壁後，夢斗呼地吐了一口氣。

「到教室大樓了，時貞。」

夢斗小聲地說。跟在後面的時貞回應他。

「好，摸著牆，沿逆時針方向前進的話，可以繞到大樓的後方出口。」

「嗯。從後方出口往前直走的話，就是學校後門。只要算準距離，應該不會有問題的。」

「按照我的步幅，大概要走30步左右。不過，我比較擔心誠一會躲在附近。」

「佐登志守玄關的話，誠一郎應該會守在後方出口。也許他們的目標就是鎖定躲在教室大樓裡的同學。」

「不管怎樣，一定要讓他們兩個以為我們逃到赤池山了。如果他們沒發現，那我們的計畫就白費了。」

「不如我們移動的時候發出一點聲音，而且不能讓對方發現我們是故意的。我看這樣吧，假裝不小心撞到後門，怎麼樣？」

「好！這個辦法不錯。」

兩人沿著教室的牆壁繼續前進。

走在前面的夢斗，汗水不停地從脖子流下。要在完全看不見的條件下行走，比想像中要困難許多。夢斗摩擦著頭上的枝葉，發出沙沙的聲響。

——冷靜。一定要專心，這樣才能察覺附近的動靜。

突然間，夢斗的腳好像碰到什麼軟軟的物體。

夢斗的身體反射性地退後。

「……好像有人倒在這裡。」

「倒在那裡？是誠一郎嗎？」

「應該是女的吧。」

夢斗摸到長及肩膀的頭髮後，這麼回答。

「從髮型判斷的話……」

夢斗挪開那個人的手，陣陣的鐵鏽味立刻撲鼻而來。夢斗的手也沾滿濕黏的液體。不祥的預感襲來。夢斗把臉貼在那個人的嘴邊，想確定還有沒有氣息。

「……死了。」

「死了？是誰死了？」

「不知道。依我判斷是個女生，不過不是伊織……頭髮沒那麼長。」

夢斗回答。

「大概是被刀子刺死的，身上流了不少血。」

「殺她的人不是誠一郎，就是佐登志吧。」

「嗯。除此之外，別無可能了。屍體還沒完全變冷，說不定，誠一郎他們還在附近埋伏。要提高警覺！」

夢斗和時貞越過屍體，繼續往後方出口前進。

突然，前方傳來踩在沙地上的腳步聲。咻的一聲劃過，夢斗的衣服裂開了。

「大家快逃到赤池山去！」

夢斗大喊，同時壓低姿勢往後門前進。

「由那、風香，跟著我！」

時貞按照計畫，也跟著喊著。

——這樣就行了。在這種狀況下，應該分辨不出有幾個人吧。對方一定會以為我方陣營的人全逃到赤池山了。

夢斗的右手往前摸索，繼續跑著。時貞的喘息聲也一路跟在後面。

「夢斗！快點！從後面追上來啦！」

「我知道！」

才剛回答完，兩人突然應聲撲倒。

「唔……」

夢斗意識到自己被繩子絆倒了。

咬著牙忍痛站起來，背後卻又傳出物體碰撞的聲音。時貞發出了呻吟。

「唔！可惡，是誰？」

「喔，原來是時貞啊。」

是誠一郎的聲音。

「你們真是倒楣啊！我早料到一定會有人想跑去赤池山避難，所以故意在這裡拉起繩子，果然有笨蛋被絆倒啦……」

「可惡……你可不要小看我們！」

接著，傳來一陣衣服的摩擦聲和慌亂的喘息聲。

「時貞！」

夢斗打算上前幫助時貞，卻臨時停下腳步。

——不行，又不知道哪一邊是時貞。只能等他們出聲的瞬間再採取行動。

「夢斗，快跑！這傢伙交給我對付就行啦！」

「還想逞英雄啊。你剛才不知道已經被我刺中了哪裡，接下來只會更虛弱喔！」

「小傷口而已……沒什麼大不了的。流了一點血……只是這樣罷了。」

聽到時貞越來越急促的喘息聲，誠一郎高聲地笑了。

「那我再多補幾刀，讓你流更多的血去死吧。」

「在那之前，我會先殺了你！」

接著又是一陣身體和身體互相碰撞的聲音。

夢斗用力咬著嘴唇，專心聆聽兩人的打鬥聲。從誠一郎剛才說的話裡，可以知道他手上有刀。雖然雙方都閉著眼睛，但是有武器的人還是佔絕對的優勢。

空氣中不斷傳出咻咻咻的刀聲。緊張的氣氛，讓夢斗不由得全身緊繃。

幾分鐘之後，傳來笨重的肌肉撞擊聲。有人倒下去了。

「唔……唔……」

是誠一郎在呻吟。

「看樣子……是我贏了，誠一郎。」

時貞吐了一口長長的氣之後，繼續說。

「虧你還有在練拳擊，其實也沒多了不起嘛。我搶到刀子了，夢斗！」

「嗯，我在這裡。」

夢斗閉著眼睛，往聲音的方向走去。

「來，你拿去吧。」

時貞把刀子交給夢斗。

幾公尺前方，傳來誠一郎的聲音。

「哈、哈哈！應該是我贏才對……笨蛋！」

「你還死不認輸嗎？誠一郎。」

「是你搞錯了。我的刀子是被你搶走沒錯，不過在此之前，我已經在你的肚子上重重捅了一刀啦。」

聽到誠一郎的話，夢斗的眼皮不由得開始顫抖。

「時貞，你要不要緊？」

「我不是還在跟你說話嗎？放心啦。」

時貞的手摸著夢斗的肩膀。

「喂！誠一郎，如果你還想繼續，我會奉陪到底的。」

「哼，我已經達成目的了，而且現在刀子在你們手上，我沒必要逞強。剛才我殺了未玖，你也很快就會死去。只要再殺一個，我和佐登志就達成命令了。」

誠一郎的說話聲逐漸遠離。

「話說回來，我認為你也有打拳擊的才能，而且出拳威力十足呢。再見啦。」

直到誠一郎的聲音消失之後，時貞抓著夢斗肩膀的手開始顫抖。

夢斗扶住幾乎要倒下去的時貞。

「時貞，我帶你去校門口，那裡應該有醫生。」

「不用了……就這樣吧。」

「就這樣？你已經受傷了啊。」

「我恐怕是……不行了……」

時貞的膝蓋無力地跪在地上，人也跟著倒下去。

「時貞！」

夢斗的手被溫熱的液體沾濕。

「流這麼多血……」

「是啊，誠一郎那一刀刺得很深……肝臟也被刺破了吧。」

「這樣下去不行，必須趕快給醫生治療才行……」

「我說了，我已經沒救了……」

「不可以就這樣放棄啊！」

夢斗抓著時貞的手大喊。

「我不會放棄，一定會救你的！如果你走不動，那我去叫醫生來。」

「……也好，那你要加油……」

「我馬上就會回來。」

「夢……夢斗。」

時貞抓住夢斗的手腕。

「有件事……我想問你……」

「現在先別問了……」

「不，請你一定要回答我！」

時貞大聲說。

「夢斗，你跟我……是好朋友吧？」

「我是這麼想的啊。」

夢斗毫不猶豫地回答。

「之前我不是說了嗎？我們是朋友。」

「是、是嗎……我們是好朋友啊……」

「由那和風香，她們也把你當好朋友呢。」

「嗯嗯……希望……是這樣……」

「一定是這樣。畢竟我們一起經歷了國王遊戲的考驗啊……」

「哈、哈哈……說得也是……夢斗……」

「嗯？你想說什麼？」

「朋友……真的很可貴……」

說完這句話，時貞的手從夢斗身上垂下。

「時貞？」

「……」

「時貞！時貞！」

不管呼喚多少遍，時貞都沒有反應。夢斗把手貼在時貞的胸口，確定心臟停止了跳動。

「時貞……」

淚水從夢斗緊閉的眼睛流了下來。

「……怎麼可以這樣呢？你不是說，20歲過後要請大家一起喝酒的嗎……」

夢斗的手忍不住顫抖，腦海裡浮現出時貞的種種身影。搔著一頭亂髮的習慣、還有不苟言笑的表情……。

那麼嚴肅的時貞，自從跟大家一起行動以來，臉上漸漸露出了笑容。

「時貞……謝謝你。能和你當朋友，是我的榮幸。」

【11月6日（星期六）下午10點12分】

夢斗拖著沉重的腳步，走回焚化爐前。

「由那……風香……妳們在嗎？」

「啊、夢斗。」

回答的是由那的聲音。

「你回來啦？計畫進行得順利嗎？」

「……」

「夢斗……怎麼了？怎麼聽不到你的聲音呢。」

「是不是沒能把他們騙去赤池山？」

風香握住夢斗的手問。

「這也不能怪你們。畢竟誠一郎他們不是省油的燈。你想保護女生的心情，我和由那都很感動。可是你放心，我們不會那麼容易被抓到的。時貞也不需要替我們擔心。」

「……時貞死了。」

「咦……？」

風香和由那同時發出不敢置信的驚呼。

「時貞死了？為、為什麼？」

「被誠一郎用刀子刺死的……」

夢斗說話的聲音在顫抖。看得出來，他努力忍住讓自己不要崩潰。

「怎麼會這樣……」

風香嘶啞的聲音，傳進夢斗的耳朵。

夢斗的指甲陷入手心的肉裡，繼續說。

「還有，未玖好像也被殺死了。」

「未玖也……」

「嗯。我們在途中發現一具屍體，誠一郎說是他殺的。雖然無法用眼睛辨識，但是應該錯不了。」

「是嗎……未玖也死了……」

風香說到一半，再也說不下去。由那發出哭泣的聲音。

夢斗拼命忍耐快要被周圍空氣壓潰的情緒。眼睛無法睜開的感覺，就像是下潛到光線無法抵達的深海一樣黑暗。

——要是我能力足夠的話，或許星也和時貞就不會死了。

想到這兩名伙伴，夢斗的眼皮內側，湧起了一股濕熱感。

——不！現在不是後悔的時候。誠一郎他們打算再殺一個。我一定要保護由那和風香！

夢斗張大嘴，做了幾次深呼吸。

「……風香，由那，妳們兩個繼續躲在這裡不要離開。」

「夢斗，你要做什麼？」

聽到由那這麼問，夢斗沉默了幾秒。

「……我要去阻止誠一郎。」

「阻止誠一郎？……那太危險了！」

由那抓著夢斗的袖子說。

「時貞不是已經被誠一郎殺死了嗎？你為什麼還要去找他們！」

「躲在這裡一樣很危險。誠一郎他們在後方出口附近拉起了繩索，現在應該還在那個區域等獵物上鉤，再殺一個人。」

「還要再殺一個……」

「所以，我要去阻止他們。只有這樣，才能保護由那和風香妳們……」

夢斗把手放在由那的肩膀上說。

「我不能再讓同伴被殺了。而且……」

「而且……？」

「殺死星也和時貞的是誠一郎他們。我明白這是國王遊戲的命令，不能歸罪於他們。可是，我就是無法原諒。」

夢斗的聲音轉為低沉。

「我不是聖人。我的好朋友被殺，我也會憎恨殺他們的人。」

「憎恨？你想要做什麼？」

「……」

夢斗沒有回答由那的問題就離開了。閉著眼睛的夢斗，看起來就像戴著能劇的面具，沒有任何表情。

來到教室大樓的玄關，幾公尺的前方傳來腳踩沙地的聲音。夢斗機警地改變方向，沿著教室牆壁開始跑。

「喂！是誰？」

背後傳來佐登志的聲音和揮舞刀子的風聲。夢斗不理會佐登志的吶喊，悶不出聲地繼續往前跑。在大樓的轉角處轉彎後，向前伸出右手，加速奔跑。

跑到後方出口前時，肩膀突然受到強烈的撞擊。

「唔……」

夢斗發出呻吟，隨即聽到誠一郎的笑聲。

「哎呀，這不是轉學生的聲音嗎？被佐登志逼得走投無路，躲到這裡來啦？」

「誠一郎！別被他逃了。只要殺了他，就可以達成命令了！」

佐登志一面說，一面劇烈地喘氣。

「不用你說我也知道。閃遠一點，我要用金屬球棒對付他。」

球棒從單膝跪在地上的夢斗頭頂掃了過去。

「來吧，轉學生。你手上不是有刀子嗎？」

「我不打算用刀。」

夢斗壓低姿勢，身體往前傾，從誠一郎身邊跑過去。
「哼，不要做垂死的掙扎啦。」
咻的一聲，球棒再度揮舞過來，掃中了夢斗襯衫的衣角。
「佐登志，跟在我後面。」
誠一郎和佐登志的腳步聲在後面追趕著。
夢斗閉著眼，憑著腦海裡浮現的校園路線，繼續往前跑。
——差不多再30步，就到走廊了。之後往右轉，再50步……。夢斗邊跑邊計算著。
——還差10步……。
往前伸的手，終於碰到了鐵門。
夢斗推了一下鐵門，讓門自動滑開。就在同時，球棒也打到了大門。
「體育館！他跑進體育館裡啦！」
誠一郎和佐登志追了進去。
「佐登志，你去守住另一邊的門！堵住轉學生的逃生口！」
「知道了。」
佐登志沿著牆壁，在體育館裡快速前進。
誠一郎拿著金屬球棒，叩叩叩地敲著體育館的地板。
「你已經是甕中之鱉啦，轉學生。」
夢斗沒有回應。

「喂，你就躲在附近吧？怎麼沒有聽到你的腳步聲呢。」
「……」
「一句話都不說嗎……」
誠一郎往前踏出一步。
「佐登志，要是有人靠近你那邊，就直接拿刀子刺下去。」
「好，我們移動的時候，記得要彼此發出聲音喔。」
「嗯，這樣比較保險。讓我們快點完成命令吧。」
誠一郎閉著眼睛，露出邪惡的笑容。
「喂！你該不會以為悶不吭聲，就可以逃過一劫吧？」
球棒咻咻咻地揮動著。
「你真不該逃進體育館裡的。這裡的地板走起來聲音很大呢，你只要走一步就沒命囉。」
「……」
「還是不吭聲嗎……。跟我料想的一樣，你就在10公尺以內的範圍吧？」
「誠一郎。」
佐登志呼喊誠一郎。
「我這邊的門上鎖了，打不開。」
「上鎖？」
誠一郎回答的同時，背後的門也砰一聲關上。

「啊！可惡！」

誠一郎急忙往門的方向跑去，抓住把手想要開門，卻怎麼也打不開。

「已經太遲囉。」

夢斗從體育館的外面說。

「我用腳踏車的鍊條鎖，把門鎖住了。」

「你這傢伙沒有跑進體育館嗎？」

「當然沒有。我只是把門推開，然後站在門的旁邊等兩位跑進去而已。等算好時間，再把門關上。」

夢斗用指尖撥轉鍊條鎖的密碼。

「我不知道那是誰的腳踏車。幸好密碼只轉了一個，所以我轉一下就開了，真是幫了我一個大忙呢。」

「你開什麼玩笑！」

體育館裡傳來金屬球棒敲門的聲音。

「馬上把門打開！」

「沒辦法。密碼被撥亂了，而我又不能睜開眼睛。根本不知道密碼是多少。」

「……嘖！佐登志，你那邊的門打開，我們從那裡出去，殺了那個轉學生。」

「那邊的門應該也打不開吧。」

夢斗用冷靜的語調說。

「我把訪客停車場的鍊條拆下來，將門兩邊的把手纏在一起，再用大鎖扣住了。」

「大鎖……」

「嗯。就是你監禁星也時用的那個鎖啊。那種鎖很重又很牢固，就算用刀子或金屬球棒也沒轍。要是亂敲的話，搞不好鎖會更打不開喔。」

聽了夢斗的話，被鎖在裡面的誠一郎沉默了。

接著，裡面又傳來佐登志焦急的聲音。

「誠一郎，那傢伙說的是真的。門的確被上了大鎖，打不開啊。」

「……好吧，我認輸了。」

金屬球棒被丟在地上，發出清脆的響聲。

「轉學生，來談談交易如何。」

「交易？」

「是的。只要你把鑰匙交出來，我就不殺你陣營的人，而且還會給你錢。100萬買一把大鎖的鑰匙，很不錯吧。」

「……」

「怎麼？100萬嫌少嗎？那麼，200萬的話可以吧？」

「我不需要錢，而且你的話根本不能信。要是我把你從體育館放出來，你恐怕會大開殺戒吧。」

「我才不是那種人！只要你放我出去，我會去找奈留美或是英行的陣營，我發誓。」

誠一郎輕輕敲著門說。

「轉學生，我很遺憾殺了時貞。而且星也不是國王，是我判斷錯誤，我不該監禁他的。可是為了活命，我實在沒別的辦法了啊。我們參加的是國王遊戲，想要活下去，只能殺班上的同學啊！」

「……是啊。為了活下去，也只能殺自己的同學了。」

「對啊，我沒說錯吧。所以，你不能怪我，要怪就怪國王。」

「但是話說回來，讓國王啟動這個遊戲的人，不就是你們嗎？霸凌智輝、逼他自殺，國王為了替他報仇，才會把我捲入國王遊戲。」

「啊……這……」

「不，是不是為了替智輝報仇還很難說，也許是另有隱情啊。」

「如果不是為了替智輝報仇，那你們也有可能是國王了。畢竟你們幾個本來就喜歡霸凌同學，又怎麼會在乎同學的死活呢？而且智輝死後，好像也沒有反省嘛。」

「不管怎麼說，我都不會把鑰匙交給你。因為我也沒有鑰匙。」

「你沒有……鑰匙？」

門的另一邊傳來乾啞的聲音。

「怎、怎麼會沒有鑰匙呢？」

「我藏起來啦。跟你們當初的做法一樣。」

「藏起來……？喂，別開玩笑了。這樣我們怎麼從體育館出去啊！」

「放心，我把鑰匙藏在體育館裡面。」

夢斗冷冷地說。

「鑰匙就藏在體育館裡面。只得你們找得到，就能打開大鎖了。」

「在哪裡？你藏在哪裡？」

「自己去找吧。反正到命令結束之前還有11個小時，而且佐登志也在，只要仔細去找，應該可以找得到吧。」

「你是在耍我們嗎！」

裡面傳出用力敲門的聲音。

「快告訴我藏在什麼地方！光憑我們兩個，根本不可能翻遍整座體育館啊！」

「請、請你饒了我們吧……夢斗。」

佐登志苦苦哀求說。

「我沒有殺死你的伙伴啊。所以，至少放我出去吧。」

「你不是殺了若葉嗎？」

夢斗對著門說。

「你們太自私了。如果你們認為，在國王遊戲裡面，為了生存可以為所欲為地殺人，那麼最好也要有被殺死的心理準備。」

「嗚……」

「佐登志，你給我安靜點！」

接著傳來有人倒地的「咚」聲。

「轉學生……不、夢斗，請你高抬貴手。我們不再多殺一個人的話，就要受罰而死。我還不想死啊。」

「那麼怕死的話，可以殺了體育館裡的人啊。」

「嗄？這句話是什麼意思？裡面只有我和佐登志……」

說到一半，誠一郎突然不語。

「只有我和佐登志……」

「是啊，所以兩位都有下手的目標不是嗎？誠一郎也是，佐登志也一樣。」

閉著眼睛的夢斗，透過眼皮瞪著門裡的誠一郎他們。

「不是為了活命，誰都可以殺嗎？既然這樣，兩位就儘管在裡面殺個你死我活吧。」

「你這傢伙……打算讓我們兩個互相殘殺對吧？」

「……誠一郎，我不是英雄也不是聖人。被捲入國王遊戲的人之中，有人希望能夠多救一些人。可是我沒有這麼偉大，只救自己想救的人。從這點來看，也許我跟你們是一樣的吧。」

夢斗轉身背對著門。

「誠一郎、佐登志，如果兩位不想自相殘殺的話，就去找鑰匙吧。等你們從體育館裡出來時，我再陪你們玩個過癮。再見。」

「喂！站住！不要走啊！」

背後傳來咚咚咚的敲門聲。不過，夢斗頭也不回地離開了。

命令10

【11月7日（星期日）中午12點40分】

慢慢睜開眼睛，第一眼看到的就是那座老舊的焚化爐。

夢斗做了一個深呼吸之後，對身旁的由那和風香說：

「已經沒事了，妳們可以睜開眼睛了。」

聽到夢斗這麼說，由那和風香也睜開了眼睛。

「唔！光線照得眼睛好痛啊！」

風香仰頭看著晴朗的藍天。

「不過，能再次睜開眼睛真是太好了，終於又能看到大家……」

風香突然憂傷了起來。

「看樣子，時貞是真的死了。我本來還想說，睜開眼睛就可以看到他呢。」

「……我們還是擔心下一道命令吧。」

夢斗握緊拳頭說。

「下一道命令，應該就快來了。」

「要是沒來的話，就表示死去的未玖是國王，對吧？我不認為時貞是國王，誠一郎和佐登志應該也不是。」

「國王應該還沒有死。因為，在這次的命令中，國王可以睜開眼睛行動，所以不會被誠一郎和佐登志他們抓到。而且，如果他們其中之一是國王的話，也不會掉進我的陷阱了。」

「這麼說，國王是我們幾個生還者之一了……」

風香嘆了口氣，拍拍格子裙上的灰塵。

「夢斗，你覺得最可疑的是蒼太吧？」

「……是的。不過，我也不能一口咬定是他。就像電視劇一樣，真凶往往是最令人意想不到的那個。」

「要是我們班上有個名偵探就好了。只是，現實畢竟不是漫畫啊。」

「風香，妳認為誰有可能是國王呢？」

被夢斗這麼問，風香沉吟了一聲。

「嗯，被警方列為嫌疑人的武，還有提早來學校的伊織吧。武和自殺的智輝是朋友，這是事實。可是，伊織也有不少重大的疑點。」

「重大的疑點？」

「嗯。伊織不是說，她曾經收到宗介約她出來的簡訊嗎？說不定剛好相反。」

「相反？妳的意思是，有可能是伊織約宗介出來囉？」

「是的。假設他們約在某個地方見面，伊織殺了宗介之後，利用他的手機傳簡訊給自己。這樣就能製造她是被約出來的證明，而宗介也會被當成是國王。」

「……的確是有這種可能。」

夢斗皺著眉說。

「可是，如果是這樣，那她把宗介的屍體藏在哪裡呢？警方到現在都還沒找到啊。」

「這很簡單啊。被伊織那麼漂亮的女生約出來，大部分的男生都會乖乖聽她的話。所以，伊織只要把男生約到隱密的地方，再動手殺害就行了。」

「我認為伊織不是國王。」

由那眨著眼睛說。

「伊織平常很少和自殺的智輝說話。如果國王的目的，是要替智輝報仇，那就說不過去啦。」

「也許伊織和智輝私下有往來，只是我們不知道而已。要是他們瞞著同學在校外偷偷交往，也沒人知道啊。」

「這個……是沒錯啦……」

「由那，妳認為誰有可能是國王？」

夢斗問由那。

「我也不確定誰是國王。不過，我倒覺得有個人怪怪的，那就是久志。」

「奈留美陣營的久志嗎？」

「嗯。久志外表很像偶像明星，不過存在感很薄弱，從以前就是這個樣子。可是自從國王遊戲開始之後，我覺得他似乎比以前更加低調了。」

「這樣很奇怪嗎？」

「嗯。我懷疑，他是不是刻意低調，因為如果國王潛伏在我們之中，那麼，太過引人注意反而不方便不是嗎？萬一身分曝光，遊戲就結束了。」

「過於低調這點，的確是很可疑。如果，這是國王的伎倆，那麼……」

這時，夢斗口袋裡突然傳出簡訊的鈴聲。由那和風香的手機也同時響起。

夢斗神情嚴肅地確認手機畫面。

【11／7星期日12：54　寄件者：國王　主旨：國王遊戲　本文：這是赤池山高中2年A班全班同學強制參加的國王遊戲。國王的命令絕對要在24小時之內達成。※不允許中途棄權。※命令10：把藏在校園裡的國王信件找出來，全部的人一起唸出內容。不服從命令者要接受懲罰。　END】

「……我懂了，原來如此。」

「原來如此？」

由那詫異地看著夢斗。

「你說，原來如此是什麼意思？」

「就是前一道命令啊。國王只允許自己睜開眼睛，目的是想趁那段時間，把信藏在校園裡。」

「啊……難怪會有那道命令。」

「嗯。現在可以確定，國王就在潛伏在學校裡面。因為學校已經封鎖，外人根本進不來。也就是說，我們其中……」

夢斗說到一半突然中斷，眼睛看著一名往這邊走過來的高個子少年。那名少年的上衣染成了紅色，手裡還拿刀子。

「佐……佐登志……」

夢斗喃喃唸著那名少年的名字。

佐登志微微側著頭，臉上露出詭異的笑容。

「原來你在這裡啊，夢斗。」

「由那、風香，妳們快退到旁邊去！」

「放心，我只是來向你道謝而已。」

看到擺出警戒姿態的夢斗，佐登志高高舉起自己的雙手。

「你還真的把鑰匙藏在體育館裡呢。我一睜開眼睛就看到了。真沒想到，你會用膠帶黏在牆壁上。」

「你是說，在睜開眼睛之前，你一直被關在體育館裡？」

「是啊，就因為這樣，誠一郎才會死啊。」

佐登志舉起細長的手，把被血跡沾濕的頭髮撥到兩邊。

「剛開始，我們的確是一起找鑰匙。可是到了早上，誠一郎突然拿金屬球棒要打我。真是有夠自私的傢伙。」

「所以，你就把誠一郎殺了，是嗎……」

「嗯。我逮到機會，就拿起刀子一揮，正好刺中他的脖子。雖然誠一郎平常有在練習拳擊，不過眼睛閉著的話，也只能任人宰割了。」

「佐登志……」

夢斗發現，眼前正在說話的佐登志似乎不太對勁。

——和平常的佐登志不太一樣。非但沒有怒氣，態度甚至充滿了自信。

「嗯？怎麼啦？轉學生。」

佐登志說話的語氣有了變化。

「這次的新命令，不再需要殺個你死我活了。我們還是同心協力，一起找出國王的信件吧。」

「……的確是不需要互相殘殺。但是很抱歉，我只想跟自己的伙伴一起行動。」

「嗯……我不怪你那麼提防我，其實我很欣賞你呢。」

佐登志的態度，越來越令人捉摸不定。

「欣賞我？」

「是啊。我也不明白為什麼。不過你大可以放心，我並不想殺你。」

說完，佐登志轉身背對著夢斗。

「我要和蒼太一起找信。為了活命，大家都要努力找喔。」

夢斗一行人楞楞地看佐登志漸漸遠離的背影。

「真是奇怪……」

「奇怪？你是說佐登志嗎？」

風香這麼問。

「嗯。好像變了個人似的。以前我覺得佐登志是屬於陰險易怒的那一型，可是剛才他那個樣子，簡直判若兩人，好像充滿了自信……」

「的確，我也覺得他的態度變了。你們有沒有發現，他後來說話的樣子有點像誠一郎？」

「是啊。也許殺死誠一郎這件事，讓他的心理起了變化。」

回想起剛才佐登志的態度，夢斗感到喉嚨一陣乾渴。

——還是得提防佐登志才行。雖然他說不會殺我，但是如果人格改變的話，很可能會說話不算數。我想他的身體裡面，應該也有討厭我的那個人格吧。

「總之，大家盡量不要接近佐登志。就算他不是國王，還是很危險。」

「離他遠一點是比較安全。對了，接下來該怎麼辦？這次的命令，要是沒有其他陣營的幫忙，恐怕很難過關。而且，大家不是要一起唸國王的信嗎？」

「說得也是。那麼，我們先回2年A班的教室去吧。說不定，其他陣營早就在那裡集合了。」

夢斗一行人往教室大樓的方向走去。

走進2年A班的教室，英行陣營的武、美樹和陽菜子已經在裡面了。

臉色蒼白的武一看到夢斗他們，馬上走過來。

「你們還活著嗎？」

「嗯，不過時貞死了。」

夢斗沉重地說。

「你們陣營的末玖，好像也死了。」

「是啊。我們本來是一起逃走的，可是她還是被誠一郎殺了。因為當時大家都閉著眼睛，並沒有看到末玖被殺的場面，不過有聽到她的慘叫聲。」

「誠一郎也死了。是被佐登志殺死的。不……應該說，是被我殺死的吧。」

夢斗向大家說明，他如何把誠一郎他們誘騙到體育館裡面的經過。武聽了之後，不禁嘆了一口氣。

「原來如此。從某方面來說，你救了我們呢。」

「我並沒有那樣的打算，只是想要保護自己陣營的伙伴而已。還有，我無法原諒殺死時貞的誠一郎。原因就這麼簡單。」

「是啊。為了保護自己陣營的人，那麼做也是不得已……」

武看著坐在教室角落位置上的美樹和陽菜子。

「現在是由我接替死去的英行當隊長。原本應該是副班長美樹才對，可是她因為班長的死承受很大的打擊，整個人變得有氣無力的。」

「美樹嗎？」

美樹垂著頭坐在椅子上，連夢斗他們進了教室，也沒有任何反應。

「美樹很喜歡班長，我看，短時間內恐怕很難恢復。不知道該說是幸還是不幸，這次的命令我們不需自相殘殺，真是太好了。」

「是啊。相反的，要是沒有合作的話，反而無法達成命令呢。因為最後大家必須一起唸出國王的信件內容才行。」

夢斗身旁的風香開口說：

「夢斗，為什麼國王會發出這樣的命令?這樣的命令並不難啊。」

「也許，信藏在很難發現的地方吧？」

「不，我不這麼認為喔。」

武把一封黑色信封拿給夢斗看。

「這封信是放在你桌上的。」

「我桌上？」

「我想，國王是想放在自殺身亡的智輝桌上吧。在你轉來之前，那是智輝的桌子。」

夢斗打開信紙，只看到中央寫著幾個紅色的字。

『你們不可能找到我的。因為……』

「只有這幾個字?好像沒寫完呢。」

「嗯。國王的信好像有10封。剩下的文章，應該是分別寫在其他的信裡吧。總之，必須找出那10封信才行。」

「我這裡有1封喔。」

後面傳來女生說話的聲音。轉過頭去看，奈留美就站在教室的門口。奈留美走向夢斗，豐潤的雙唇微微地上揚。

「這就是國王的信。放在我們之前躲藏的圖書館桌子上面。」

夢斗從奈留美手中接過黑色信封。信和剛才那張一樣，只在中央寫了幾個紅字。

『不需要害怕死亡。即使肉體會毀滅……』

「好像也沒有寫完呢。」

「看來，非得找出全部的信，才能知道國王究竟寫些什麼了。」

奈留美的食指，在夢斗的胸口輕輕地點了幾下。

「這次的命令必須靠大家通力合作才能完成。所以，我終於有機會和你當好朋友了。你們的信，可以拿給我看吧？」

「啊、嗯。」

夢斗把武拿給他的信，交給奈留美。奈留美看了信之後，勻稱的雙眉微微地皺了起來。

「……原來如此。你們不可能找到我的……？從語氣看來，國王似乎很有把握，自己絕對不會被發現呢。」

「從這些信可以確定，國王應該就躲在學校裡面。也就是說，國王不是失蹤的宗介，而是另有其人。」

「沒錯。宗介可能在某個地方被殺死了，而且背了黑鍋。不過從這信件看來，國王似乎已經不在乎了。」

「聽說警方受到國王的威脅，無法進一步深入調查。」

「也就是說，只有靠我們這幾個當事人找出國王了……。對了，剛才的命令中，有誰死了嗎？」

「時貞、未玖，還有誠一郎。」

說出時貞的名字時，夢斗的心像被人掐住般痛苦。

「……那麼現在，只剩12個人了？」

「嗯，連誠一郎都死了嗎？真希望國王遊戲能就此結束，不過好像不可能。國王一定不會輕易放過我們這些坐視霸凌不管的人。」

奈留美的指尖頂著嘴唇，咋了一下舌。

「奈留美，陽平他們在哪裡？」

「我派他們去社團教室找信了，到這裡就是來通知你們這件事的。社團教室那邊，交給我們陣營負責就行了。」

「那麼，我們去教室大樓找。武，你們呢？」

「我們也去教室大樓。那裡有很多地方可以藏信。」

武這麼回答。

「這樣的話，操場和體育館就交給蒼太他們。這次的命令，他們應該會幫忙才對。因為最後大家要一起唸國王的信，否則就要受罰了。」

「啊、夢斗，我發現了！」

由那指著理科教室櫃子上的黑色信封說。

「那是國王的信吧？」

「嗯，是黑色信封，應該錯不了。」

夢斗打開櫃子，拿出黑色信封。信跟之前幾封一樣，只在中央寫了幾個紅字。

『再一次，大家重新開始吧！』

「大家重新開始……？要開始什麼？」

「看樣子，沒有把10封信全部找出來的話，是無法知道答案的。」

「……」

「嗯？你怎麼了？表情怪怪的。」

「嗯，這些信太容易被找到了……」

夢斗看著放了信封的櫃子說。

「藏在那種地方，一下就被找到了。找撲克牌的命令，還藏得比較隱密呢。」

「大概是受到時間限制吧。」

風香走向夢斗，俏麗的短髮飄動著。

「國王是趁上一道命令的期間，把這幾封信藏起來的。因為那時候，只有國王可以張開眼睛自由活動。可是，如果國王是我們其中之一的話，不可能有那麼多時間去藏信啊。目前生還的同學每個人都有加入陣營，要是有人中途離開幾個小時，馬上就會暴露身分了。」

「這點的確很奇怪。國王可以隨心所欲地發出命令，如果時間不夠，大可以不要藏信，可是卻偏偏要下這種命令，而且內容似乎並不難達成。」

夢斗手裡緊緊握著國王的信說。

——之前的命令，大多是要我們內鬥，可是這次卻不一樣。國王的目的究竟是什麼……。

「總之，先找出國王全部的信件再說吧。也許，這次可以發現什麼線索。」

夢斗等人繼續尋找國王的信。

【11月7日（星期日）晚間6點48分】

「這是第10封信了。」

奈留美拿出膠帶，把第10封信貼在黑板上。

「比想像中要容易多了。這樣，命令就算達成了吧。」

「這些就是全部的信嗎……」

夢斗來回看著貼在黑板上的10封信。

『你們不可能找到我的。因為……』

『不需要害怕死亡。即使肉體會消滅……』

『再一次，大家重新開始吧！』

『不用說也知道。神就是要你們……』

『全部死去。殺死北村智輝的……』

『展開新的校園生活！在這個有智輝、還有……』

『罪，就藉由國王遊戲來淨化吧。不過……』

『意識卻是永恆的。所以，我們還是可以重來。』

『唯一的願望。』

『包括轉學生在內一共33人的班級。這就是我期待的……』

「這樣看不出內容在寫些什麼。不過把順序對調一下，應該可以湊成一篇文章。」

夢斗試著在腦海裡，拼湊出完整的內容。

——『……這就是我期待的，唯一的願望。』這兩句好像接得上。還有，『展開新的校園生活！在這個有智輝、還有包括轉學生在內一共33人的班級。』這兩句也可以。另外就是……。

其他的同學們也開始討論了起來。

「哪一句是文章的開頭？」

「是『你們不可能找到我的。因為……』這句吧？」

「有可能。『唯一的願望。』這句應該是結尾。後面好像沒句子了。」

「『殺死北村智輝的罪，就藉由國王遊戲來淨化吧。』也連得起來。」

「嗯。順序應該沒有錯。」

「好，這樣就清楚多啦。」

蒼太走上講台，把黑板上的信紙重新排列。

「呃……這張是最前面，接著是這張……好，完成啦。」

夢斗把蒼太排好的文章唸了一遍。

『你們不可能找到我的。因為……』

『不用說也知道，神就是要你們……』

『全部死去。殺死北村智輝的……』

『罪，就藉由國王遊戲來淨化吧。』

『不需要害怕死亡。即使肉體會消滅……』

『意識卻是永恆的。所以，我們還是可以重來。』

『再一次，大家重新開始吧！』

『展開新的校園生活！在這個有智輝、還有……』

『包括轉學生在內一共33人的班級。這就是我期待的……』

『唯一的願望。』

「這就是國王的目的嗎……」

夢斗聲音嘶啞地喃喃自語。

——國王的目的，真的是要替智輝報仇。他打算殺死全班同學，包括我這個轉學生在內……。

蒼太發出沉吟，雙臂交叉。

「嗯，看起來的確很像國王的真心話。那麼，霸凌過智輝的我和佐登志，可以從國王嫌疑人的名單中剃除了吧？」

「不行。」

奈留美立刻回答。

「誰知道這是不是故布疑陣。也許，國王是想要享受遊戲的快感。」

「如果是這樣的話，那我也無法洗刷嫌疑了。」

「不過，我也承認，在場的同學們是國王的機率很低，而且國王遊戲的目的，極有可能是為了替智輝報仇。」

「那妳認為誰最有可能是國王呢？奈留美。生還的同學全部都在這裡喔。」
「這個嘛……」
奈留美瞇起眼睛，來回看著教室裡的每個同學。
「被警方列為嫌疑人的3人之中，唯一的生還者武，很可能是真凶。跟他同樣嫌疑重大的，還有由那。她曾經出面阻止霸凌智輝。」
「嗯，原來如此，這個選擇很有道理。我也覺得那兩個人怪怪的。」
被點名的武，放棄反抗似地嘆了一口氣。
「你們要懷疑我，我也沒轍。不過我真的不是國王。警察之所以把我列為嫌疑人，大概是有人向他們告密，說我在智輝的葬禮上哭吧。還有，就是我家有電腦。」
「我認為，武不是國王。」
聽到蒼太這麼說，奈留美身旁的伊織開口了。
「蒼太不是說過，國王可能是女生嗎？」
「嗯。所以我認為奈留美、由那、風香、美樹、陽菜子，這幾個人其中之一是國王。」
「你不認為國王有可能是男生嗎？」
「的確，我也不敢一口咬定國王絕對是女的。只是直覺認為如此而已。」
「既然這樣，不如監視全部的女生吧？」
陽平的雙手啪的一聲，在胸口前合起。
「女生只剩下這幾個，監視起來並不困難。這種情況下，也別再分什麼陣營了。就請女生們乖乖待在這間教室裡吧。」

「這樣的話，男生也要留下來才公平。大家互相監視，這樣下一道命令應該就不會來了。」

「我認為，還是會來。」

夢斗對伊織說。

「國王可能早就設定好，要在何時傳送下一道命令了。」

「你為什麼會這麼想呢？」

「跟這次的命令有關。才過6個小時，我們就已經找齊國王的信件。換句話說，這次國王並不想懲罰我們。」

「不想懲罰我們……？」

「嗯。明白地說，這次的命令並不是要我們互相殘殺，命令結束後，情況也不會有什麼改變。所以，國王下次想發出什麼新的命令都可以。因此我懷疑，國王可能早就安排好命令的內容了。」

聽到夢斗這番分析，站在蒼太背後的佐登志，忍不住拍手叫好。

「不愧是夢斗，腦袋真是靈光啊。」

同學們的目光，同時集中在佐登志身上。他換上了乾淨的衣服，好像還洗了頭髮，上面早已看不見血跡。

「國王應該是一個精於算計的人，才會做這樣的安排。說不定，他是故意要讓大家互相監視，這樣他就能製造不在場證明了。」

「喂，你真的是佐登志嗎？」

陽平一臉嫌惡地看著佐登志。

「你說話的語氣和態度跟以前差好多，表情也不太一樣了。」

「喂，你不要胡說八道，我還是以前的我啊。」

佐登志舉起瘦長的手把頭髮撥到旁邊，嘴角露出不懷好意的笑容。

「陽平的建議雖然好，不過恐怕會白忙一場喔。這次的命令之所以這麼容易達成，當然是有原因的。總之，下次的命令很可能又是要我們殺來殺去。如果是這樣，大家就無法互相監視了。」

「你說的原因是什麼？」

「就是要我們大家看信啊。國王想讓我們明白，為什麼我們會被殺。這就是國王的目的。」

「要我們看信……」

夢斗重新看著貼在黑板上的那幾張信紙。

——的確。也許佐登志說得沒錯。這次的命令太過簡單，信也故意藏在容易被找到的地方，可是……。

「國王的目的，如果是想要在天堂或是什麼地方，重溫校園生活，那又何必讓班上同學互相殘殺，這樣做不是很奇怪嗎？」

「大概是想要我們贖罪吧。贖沒能阻止智輝自殺的罪。」

佐登志的語氣起了變化。

「真是的，不知道是誰做的，真讓人有夠不爽。」

佐登志的眼睛，來回看著表情驚訝的同學們。

「總而言之，我一定會活下去的。我們走吧，蒼太。」

佐登志轉身離開了教室。蒼太聳聳肩，跟在佐登志後面離開。

「那傢伙，是不是腦袋壞掉啦。」

陽平對奈留美說。

「他最後講話的樣子很像誠一郎，而且還對蒼太呼來喚去的。」

「大概是精神受到很大的打擊吧。」

一屁股坐在椅子上的奈留美說。

「以前的佐登志就像誠一郎的跟屁蟲一樣。也許他無法承受誠一郎的死，所以精神崩潰了。你說，誠一郎是他殺死的對吧？夢斗。」

「嗯，是佐登志自己這麼說的。」

夢斗這麼回答奈留美。

「佐登志突然性情大變，連說話的樣子都好像誠一郎。還有，他明明非常討厭我，卻又說不想殺我。」

「我想，他可能是不願意承認自己殺死誠一郎的事實，不知不覺中，讓誠一郎的人格在自己的身體裡長大。其實，我也覺得自己快崩潰了呢。」

「妳也會這樣嗎，奈留美？」
「說這什麼話，我也是柔弱的女子呢。」
奈留美別有意圖地看著夢斗，食指還在桌面上畫圈圈。
「夢斗，要是這次我們都能順利過關的話，我們兩個找機會單獨慶祝一下吧。只要跟警察先生拜託，叫他們送點酒來應該沒問題吧。在預防逃亡的探照燈照射下共飲人生的第一口酒，不也挺浪漫的嗎？」
「……妳的盛情我心領了。可是，我還是想和我的伙伴們一起行動。」
「哎呀，你這樣會害我失去自信耶。從來沒有男生拒絕得了我的邀約呢。之前星也也是拒絕我的邀請，難道我那麼沒有魅力嗎？」
「不，妳很有魅力。我甚至認為，以妳的長相足以當一個偶像明星。」
「既然這樣，為什麼你肯不加入我的陣營呢？我一直懷疑你是不是國王，所以，要是肯你加入我的陣營，我會很高興的。」
「我已經有伙伴了。」
夢斗看著由那和風香。
「雖然，我不打算和其他陣營爭個你死我活，可是我還是會以自己的隊友為第一優先。我想死去的星也和時貞，也都是這麼想的。」
「……是啦，由那和風香長得也不錯。由那是清純美少女型，而風香眼睛細長，搭配纖細的身材，也算是一種美吧。」

「我又不是因為她們的長相，才想要保護她們的。」

「先不談這件事了。不過，要是你突然對我感興趣的話，隨時歡迎你加入我喔。」

「說到感興趣，我倒是比較擔心久志呢。」

夢斗看著從剛才就一直靜靜站在教室角落的久志。他的雙臂下垂，眼神空虛地望著夢斗這邊。看起來就像電視機裡的一幕畫面，絲毫沒有真實感。中分的前髮因為窗戶吹進來的風而輕輕飄起。緊閉的嘴唇，微微張著。

「你們對我感到好奇嗎？」

聲音聽起來像是在耳邊低語般微弱。班上其他同學的視線，瞬間集中到久志身上，彷彿現在才發現他的存在。久志微微側著頭，露出淺淺的苦笑。

「突然這麼說，我覺得很尷尬呢。難道你懷疑我是國王嗎？」

「只是覺得不無可能。」

夢斗面對面看著久志。久志也用迷濛的眼神回看著他。

「真是傷腦筋。我到底哪一點像國王了？既沒被警察列為嫌疑人，而且跟智輝也沒有什麼關係啊。」

「就因為你太過低調，反而讓人懷疑。」

夢斗想起由那的話，繼續說下去。

「國王打算殺死我們全部的人，而且本身也有參加這場遊戲。如果是這樣的話，國王一定很有把握，自己的身分不會被揭穿。」

「是嗎？原來你是這麼想的啊……」

久志像是用滑的，移動到夢斗面前。久志的個子比夢斗高，體型也比較細長。從他那張俊秀清新的臉龐，就可以知道為什麼會加入奈留美的陣營。

「可惜你猜錯了，我本來就是個低調的人。或許可以說，這是我的特技吧。」

「特技？」

「是啊。我這個人從小就很不起眼。有一次參加小學遠足，還被遺忘在山裡呢。老師和班上的同學幾乎沒有人注意到我的存在。」

大概是想起當年的回憶吧，久志淺淺地笑著。

「啊、不過現在突然變得引人注意了。我好久沒有像這樣，被全班同學盯著看了呢。」

奈留美把手搭在夢斗的肩膀上。

「你剛才的論點很有趣。久志這個人是我陣營裡面最不起眼的一個。也許就是因為這樣，所以沒有人懷疑他是國王。不過老實說，我也不認為久志是國王。」

「為什麼妳會這麼說？」

「你也看到啦，久志雖然長得很帥，個性卻很冷漠。我不認為這樣的人會為了替智輝報仇，而啟動國王遊戲。也因為這個原因，我才讓他繼續待在陣營裡。」

「妳這麼說太過分了吧，奈留美。」

久志嘆氣說。

「現在國王的嫌疑人只剩下12個，夢斗要懷疑我，那也是沒辦法的事。」

「其實，我懷疑的人不只是你。」

夢斗發出低沉的聲音說。

「除了風香和由那，其他人我都無法完全信任。」

「嗯，聽你的口氣，好像已經認定由那和風香不是國王。因為是同陣營的關係嗎？」

「……是的。我們相處的時間最多，而且在這段期間裡面，她們並沒有什麼不尋常的舉動。」

「可是，你們也不是隨時隨地都在一起吧。」

對於久志的質疑，夢斗的眉頭微微皺起。

「夢斗，你並不是真的信任由那和風香，而是很想相信而已。」

「很想相信？」

「是啊，因為你們是同陣營的伙伴。可是你也不是一直盯著由那和風香吧，比方說，你不會跟著去女生廁所或是更衣室。」

「……」

「我了解你的心情。每個陣營都是吃足了苦頭，才能撐到現在，誰也不想懷疑自己的伙伴。我也一樣，不會懷疑奈留美是國王，也不覺得伊織是。武應該也是這麼想的吧。」

久志轉向武。

「你不是取代班長的位置，成為新的隊長嗎？」

被久志這麼一問，武轉回頭，看著站在身後的美樹和陽菜子。

「……嗯。如果美樹是國王的話，不可能對班長發出那樣的命令。陽菜子的個性乖巧，我也不認為她會殺人。」

「瞧，每個人都不願意懷疑自己的伙伴是國王，因為大家都有共同經歷危難的事實。但是即使如此，也不是一天24小時都黏在一起。國王只要離開幾分鐘，就可以傳送命令了不是嗎？」

教室裡陷入一片沉默。

「現實的情況是，國王就藏在某個陣營裡。夢斗，我可以了解，為什麼你會懷疑我。可是反過來，我也懷疑不同陣營的你們。即使是轉學生也不例外。」

久志的視線重新回到夢斗身上。

「這不是在挑撥離間，而是為了安全起見，希望大家多多注意彼此。因為國王很可能就潛藏在自己的陣營裡面。」

聽了久志的分析，同學們的表情比之前更加沉重了。

【11月8日（星期一）凌晨1點35分】

夢斗從電腦教室的窗戶向外看去，夜空中月亮高掛，星辰閃爍。往下面一看，探照燈依然照亮了校園。偶爾會因為發現不明的移動物體，而改變照射的角度。看到一群穿著防護衣，在校門前來回巡邏的男子，夢斗忍不住嘆氣。

「監視我們的那些人也很辛苦。萬一感染病毒，說不定也會被捲入國王遊戲之中。」

夢斗自言自語著，把視線拉回眼前的電腦螢幕。

上面顯示的是目前剩下的生還者名單，還分了陣營。

奈留美、久志、陽平、伊織。

蒼太、佐登志。

武、美樹、陽菜子。

夢斗、由那、風香。

＊宗介（行蹤不明）。

「把宗介加進來的話，也只有13個人……」

夢斗皺起了眉頭。

——經過信件的命令之後，失蹤的宗介更不可能是國王了。目前有嫌疑的是蒼太、佐登志、武、伊織、久志這幾個人。蒼太喜歡玩國王遊戲、佐登志殺人不眨眼、武是被警方鎖定的嫌疑人之一、伊織和行蹤不明的宗介之間，可能有什麼關係……。

美樹和陽菜子她們兩個呢？假使美樹是國王的話，應該不會發出置暗戀對象英行於死地的命令。不過，陽菜子就難說了。國王遊戲開始的那一天，她的位置離花瓶最近。另外就是……。

夢斗的腦海裡浮現出由那和風香的臉。

——久志說的也沒錯。我並不是一天24小時都跟在她們身邊。在閉眼睛的命令中，為了不被誠一郎他們發現，大家幾乎沒有開口說話。要是有人趁這段期間離開，也不會有人知道。就像現在，由那和風香正在淋浴……。

「由那和風香可能是國王嗎……」

夢斗拼命搖頭。

——不會的，她們絕不可能是國王。由那因為班上同學自相殘殺，而感到傷心不已。而風香又很怕死，這樣的兩個人怎麼可能讓自己感染凱爾德病毒、參加國王遊戲呢！

這時候，電腦教室的門打開了。由那和風香走進來，兩人都換上了運動服，頭髮還有點濕。

風香把手裡的礦泉水遞給夢斗。

「我拿冷飲來了。喝吧，夢斗。」

「謝謝。」

夢斗接過瓶身還冒著水珠的礦泉水。

「有遇到什麼人嗎？」

「嗯。好像有人在洗澡，大概是奈留美她們吧。」

「大家也只能趁這段時間，稍微喘口氣了。在下次的命令傳來之前，還有些空檔。」

「是啊，所以才有時間睡覺，還可以洗澡，感覺清爽多了。」

「由那，妳有睡嗎？」

夢斗問風香身旁的由那。

「啊……嗯、嗯。」

由那紅著臉，避開夢斗的視線。

「嗯？怎麼了？」

「不……沒、沒什麼啦……啊……」

看到扭捏不安的由那，風香拍拍她的肩膀說：

「真拿妳沒轍，還是由我來說吧。」

風香做了一個深呼吸後，看著夢斗說：

「夢斗，我們有事情要向你坦白。」

「向我坦白？」

「嗯。我先說好了。」

風香往前走出一步，站在夢斗面前。

「我喜歡夢斗。」

「咦……？」

夢斗張著嘴，楞住了。

「妳是說，同陣營的那種同伴情誼嗎？」

「不。是戀愛的那種喜歡。」
「啊……」
「反應果然不出所料。難道，你之前都沒有發現，我喜歡你嗎？」
「我只知道，妳並不討厭我。」
「……唉，我本來還想要好好告白一番的呢。」
風香聳聳肩，嘆著氣說。
「對戀愛遲鈍這點，也許是夢斗的優點吧。看你這樣子，大概也對由那沒感覺吧？」
「由那？」
「由那也喜歡你啊。」
「嗄？」
夢斗轉向由那。由那滿臉通紅，支支吾吾地說不出話。
「由那，我們不是說好，要一起告白的嗎？妳快點說吧。」
「好……好嘛。可是，我對這方面最不拿手了，再給我一些時間吧。」
由那盯著天花板，做了幾次深呼吸後，用那對湖水般的大眼睛，凝視著夢斗。
「那我要說囉。我也喜歡夢斗。打從你在第一次國王命令中，救了我的那時候開始就喜歡上了。因為有你的保護，我才能活到現在。當然，也不只是這個原因。反正，不知不覺就喜歡上你了。」
「啊、我也要說理由。」

風香搶著說。

「我是從鬼抓人的命令那時候開始的。你不顧自己的安危，放我一條生路。而且，當了隊長之後，也一直盡力保護陣營裡的同伴。雖然現在我們都陷入國王遊戲的危險情況中，可是能夠和夢斗成為好朋友，我覺得好高興。」

「等、等一下！」

夢斗往後退了幾步，輪流看著由那和風香。

「現在是什麼狀況？告白不都是一對一、單獨向暗戀的對象說出口嗎？我從來沒聽說過，有兩個人同時告白啊！」

「照理說是這樣沒錯。可是我和由那談好了，要一起告白。」

風香認真地看著夢斗。

「夢斗，我們都是國王遊戲的參加者，就算過得了這次的命令，可是難保不會死於下次的命令。所以我們想，既然這樣，不如誠實地表達自己的情感。」

「……」

「夢斗，你決定要選誰？我？還是由那？」

「這、這個……」

夢斗用手背擦掉額頭的汗水。口中異常乾渴，左胸口也快速地鼓動著。

看到夢斗像金魚一樣張著嘴，欲言又止的模樣，由那忍不住笑了。

「嗯，這個反應也跟我們當初預料的一樣呢。」

「那、那是當然的啊！誰會想到自己居然在這種情況下被告白，而且還是兩個女生同時告白……」

「祝福？」

「我先把話說在前頭喔。就算夢斗選擇了由那，我也會祝福你們。由那也是這麼說的。」

「嗯。我喜歡夢斗，也喜歡由那。不過我沒有別的意思，不要想歪了。因為我們都是克服重重難關活下來的好伙伴，就像戰友那樣。」

「我也是。」

由那插話。

「就算夢斗選擇了風香，我也不會介意的。雖然心裡會難過，可是如果夢斗喜歡的人是風香，我可以接受。」

「所以夢斗，你不需要顧忌太多，照你的意思選擇吧。我還是由那？假使你回答喜歡的是其他女生，例如奈留美或伊織的話，我們說不定會生氣喔。」

「怎、怎麼可能……」

夢斗拼命搖頭澄清。

「啊……我……」

夢斗用力握著拳頭，連說話都走音了。

——現在是什麼情況？被女生告白雖然然很開心，可是怎麼會兩個人同時告白呢？

由那和風香認真地等著夢斗的答案。夢斗承受不了這樣的視線，閉上了眼睛。

——由那和風香，我該選哪一個？被選的那個，以後就是我的女朋友嗎？

夢斗對她們兩個都有好感。由那對他這個轉學生很親切，只要有她在身邊心情就覺得輕鬆愉快。而風香的個性爽朗，可以和她無話不談。這兩個女生對夢斗而言，都很有吸引力。

「……我無法選擇。」

夢斗沉默了幾分鐘之後這麼說。聲音聽起來很勉強。

「不管是由那還是風香，我都配不上妳們。能被條件這麼好的兩位女孩告白，我覺得很高興。可是現在的情況很混亂，我實在無法決定要選哪一個。」

「……是嗎？」

風香微微地點頭。

「之前你也說過，現在無心談戀愛。我跟由那剛好跟你相反，正因為處於這種情況下，所以更想要告白。」

「對不起。通常被告白的時候，應該要給對方答案才對，可是我……」

「沒關係，我覺得鬆了一口氣呢。至少知道，你對由那和對我都有好感。」

風香露出甜美的笑容說。

「有種如釋重負的感覺呢。要是來不及向暗戀的男孩告白就死的話，我一定會很後悔……」

「……不會變成這樣的。」

「我當然也不想死，可是這種事，誰也不敢保證啊。」

「是啊，我也可能會在下一個命令中死去呢。」

由那低沉地說。

「所以我才會贊成風香的提議。我們早就知道彼此都喜歡夢斗，所以才決定一起告白的。而且還約定好，就算夢斗選的不是自己，也要祝福對方。」

「這我就不懂了。難道妳們不會介意嗎？對方被選上，就表示自己被甩了呢。」

夢斗這麼問，由那點頭回應。

「只要你交往的對象是我能接受的那個人，那麼，自己被甩也沒有關係。不過……還是會難過好幾天吧。」

「是嗎……我恐怕辦不到。我實在無法從兩位之中選一個。妳們比我堅強多了。」

「選擇有那麼困難嗎？」

「那還用說嗎！不管是由那，還是風香……妳們都……很有魅力……」

看到支支吾吾的夢斗，風香忍不住笑了。

「哈哈哈，夢斗被我們兩個告白，好像不知所措呢，好可愛喔。」

「這、這也不能怪我啊，畢竟從來沒有女生向我告白過嘛。」

「咦？真的嗎？我以為你很受女生歡迎呢。」

「才沒那回事。以前，情人節的時候的確是有收過巧克力，可是……應該只是友情巧克力吧……」

夢斗擦掉額頭上的汗珠，喝了一大口礦泉水之後，向由那和風香深深地低頭。

「由那、風香，謝謝妳們兩位。如果妳們喜歡優柔寡斷的我，請再給我一些時間考慮，我會做出決定的。」

「決定啊……」

風香深情地望著夢斗。

「沒錯，你總得在我和由那之間做個選擇。」

「我知道。等國王遊戲結束後，我會給兩位答案的。」

「嗯。這樣我就不能死了，因為我想聽你的答案。」

「要是妳死了我會很傷心的。因為，以後可能不會像現在這樣受歡迎了。」

「呵呵，我會努力活下去的。由那，妳也不能死喔。」

「我知道。在聽到夢斗的答案之前，我也不想死。」

「這麼說，也許我不做選擇，反而是好事呢。」

聽到夢斗這麼說，由那和風香看著彼此，噗嗤一聲笑了出來。

命令11

【11月8日（星期一）中午12點53分】

手中的智慧型手機，傳來了簡訊鈴聲。

夢斗嚥下口水，盯著手機螢幕畫面。

【11／8星期一12：53　寄件者：國王　主旨：國王遊戲　本文：這是赤池山高中2年A班全班同學強制參加的國王遊戲。國王的命令絕對要在24小時之內達成。※不允許中途棄權。※命令11：中島陽平必須在學生手冊上寫下兩名同學的名字。被寫名字的學生要接受懲罰。若是被寫名字的人，持有男生生還者的學生手冊，中島陽平必須接受懲罰。　END】

「男生生還者的學生手冊……？」

夢斗從口袋拿出學生手冊。

——在這次的命令中，女生的學生手冊和死去的男生學生手冊，都派不上用場。陽平應該不會點名同陣營的奈留美、伊織和久志，也不能點名蒼太和佐登志。因為這兩個人的學生手冊，正是他們自己的護身符。這麼說來，可能被陽平寫下名字的，不是武、美樹、陽菜子他們那個陣營，就是我們這個陣營了。這兩個陣營都只有一本男生手冊，無法顧及全部的隊友。

夢斗的喉嚨像波浪般上下起伏。

——該把學生手冊交給誰？我該保護誰？

「夢斗……」

風香抓著夢斗的手臂說。

「我知道你正在煩惱什麼。你在想，該把手冊給我或是由那吧？其實，你不需要煩惱。」
「不需要煩惱？」
「我猜，陽平會寫由那的名字。」
「為什麼妳會這麼想呢？」
「因為由那是國王的嫌疑人之一。」
風香瞥了一眼由那說。
「當然，我不認為由那是國王。可是，別的陣營不見得會這麼想。因為由那曾經保護過智輝。」
「等一下！」
由那大喊。
「的確，陽平有可能懷疑我是國王，可是風香也一樣啊。妳以前曾經制止過誠一郎，叫他們不要再欺負智輝，不是嗎？」
「可是我的嫌疑沒有妳那麼大啊。如果陽平想要終結國王遊戲的話，應該會寫嫌疑最大的那個人。」
風香緊抓著由那的肩膀。
「妳知道嗎？要是陽平寫妳的名字，而妳又沒有男生學生手冊的話，妳會死的！」
「妳和夢斗還不是一樣！」
夢斗靜靜聽著由那和風香的爭論。

——沒錯，陽平如果想利用這個機會殺死國王的話，那他很有可能會寫由那的名字。不過，要是料到我可能把學生手冊給由那的話，說不定會改寫風香。不、也許兩個人都會寫。

夢斗腦海裡浮現由那和風香受懲罰，脖子折斷、滿身鮮血的模樣……。

夢斗感到一陣惡寒爬上背脊，忍不住打哆嗦。

——不行！我一定要保護她們！可是，只能救其中一個啊。該把學生手冊交給誰呢？

夢斗緊握拳頭，努力思考著。由那和風香輕輕地把手放在他的肩膀上。

夢斗他們走進2年A班的教室時，武、美樹、陽菜子早已在裡面等候。武跑向夢斗。

「你們也是被陽平叫來的嗎？」

「嗯。剛才他打手機給我們。」

夢斗這麼回答。

「連你們也被叫出來，就表示陽平想從我們幾個之中決定人選。因為他不可能寫同陣營的伙伴，而蒼太和佐登志也有自己的學生手冊。」

「我想也是。問題是要寫誰呢？他應該知道寫錯人的話，自己也會死吧。」

「說得沒錯。」

這時，夢斗的背後傳來男生的聲音。轉過頭去看，陽平就站在教室門口。陽平嘴角帶著笑意地走向講台。

「大家好像都來了。」

「陽平……」

夢斗走近他。

「你還沒在學生手冊上寫名字對吧。」

「是啊。這次不慎重點不行，所以才會把你們叫來這裡集合。」

陽平搖搖頭，來回看著坐在教室裡的同學們。

「被我寫名字的同學如果手上有男生的學生手冊，我就要受罰了。夢斗，你的陣營裡面誰有呢？」

「……我不會告訴你的。」

「嗯，我想也是。武，你呢？告訴我的話，我會一輩子記著你的恩情。」

「不，我也不會告訴你。」

武斬釘截鐵地拒絕了。

「只要不讓你知道，我的學生手冊在誰手上，就能夠保護我和我的伙伴了。」

「是嗎……真是拿你們沒辦法啊。」

陽平傷腦筋地抓抓頭，嘆了口氣說。沒有修整的眉毛動了一下，轉而看著夢斗。

「夢斗，我……背叛了你的陣營，這是事實。但我不是存心背叛，一切都是為了活下去啊。」

「你不是說，是為了把到奈留美嗎？」

「……是啊，我不否認，這也是原因之一。不過主要原因，還是我想要提高存活率。到目前為止，奈留美陣營只死了一個若葉，而且還不是死於國王遊戲。反過來看看你的陣營，星也和時貞都死了，不是嗎？」

聽到陽平的話，夢斗的身體震了一下。

「我知道你已經盡了全力。新來的轉學生能夠當上陣營的隊長，還拼命想保護隊友，聽起來就像偶像劇裡的男主角，我反倒像是個背叛隊友的壞人。可是儘管如此，在現實生活中，能活下來的人是我。」

「是嗎？要是你寫的那個同學，手裡有男生的學生手冊，你會立刻死去喔。受到國王遊戲的懲罰而死。」

「……是沒錯啦。」

陽平的眼睛，瞇得像針一樣細小。

「所以，我才會這麼慎重啊，畢竟這關係到我的死活嘛。」

陽平從口袋裡拿出學生手冊、打開空白頁，然後逐一看著夢斗一行人的臉。

「夢斗和武的陣營同樣都是3個人、只有一本男生的學生手冊。也就是說，6個人之中，只有兩個人有盾牌保護。」

陽平的視線輪流看著夢斗、由那、風香、美樹和陽菜子。

「從哪一個陣營開始其實都沒差……不過，先從武的陣營開始吧。」

武、美樹、陽菜子聽到陽平的宣告，臉色瞬間發白。

「你真的要寫班上同學的名字？被寫名字的那個人會受罰而死啊。」

「那還用說嗎？我不寫的話，死的人是我呢。難道你要我去死嗎？你沒這個權利吧。」

陽平絲毫不留情面地繼續說下去。

「我們正在參加國王遊戲啊！為了活命殺死其他同學，是理所當然的事！」

他的眼睛布滿血絲，嘴角朝耳朵的方向揚起。

「我絕對不會死的。因為，我可以輕易看穿你們。」

「……輕易看穿我們？你不是最討厭動腦筋嗎？連考試成績也是中下程度而已。」

「這跟考試成績沒有關係，現在需要的是看人的眼光。我指的不是外表，而是看穿心思的能力。」

「你真的有那種能力嗎？」

「當然有。我現在就可以證明給你們看。」

陽平帶著血紅的眼睛，交互看著武、美樹、陽菜子。

武的臉色發白、兩頰的肉微微顫抖著；美樹低下頭，閉上眼睛；陽菜子全身抖個不停，眼鏡後面的瞳孔也濕潤了起來。

「……我知道了，寫這個人應該沒有問題。」

陽平一面看著武，一面開始在學生手冊上寫字。

「好！寫完啦！」

「你、你寫誰的名字？」

「你們很快就會知道了。只要那個人手中沒有男生的學生手冊，就會受到處罰。」

「受到處罰的，也可能是你自己不是嗎？」
武瞪著陽平說。
「你這傢伙，說不定沒有看人的眼力呢。」
這時候，武旁邊的美樹突然動了一下。
大夥的視線都往美樹的身上聚集。
「啊……啊啊……」
美樹像是下顎脫落一樣，嘴巴大張，還拼命地搖頭。
「美、美樹……」
武用嘶啞的聲音，呼喚美樹的名字。美樹全身不停地抽搐，沒有回應武的呼喚。
接著，額頭的部分像是被灌了空氣的氣球一樣隆起。
「啊……啊啊……」
美樹發出聲音的同時，漲大的額頭突然砰的一聲炸開。四周被血肉噴濺得到處都是。
「啊……」
美樹倒下之後，兩腳還不停地抽動著。
「看這樣子，我是寫對了。」
陽平擦掉沾在臉頰上的鮮血，邪惡地笑著。
「我猜得真準。看來還是說明一下好了。武，學生手冊在你手上對吧？」
「……我？」

「是的。你之前不是被警方列為嫌疑人嗎？智輝死的時候你哭了，而且你是將棋社的一員，這表示你是喜歡玩遊戲的人，再加上沒有人能證明你不是國王，所以你以為，我一定會寫你的名字吧？」

「唔……」

武用力握緊拳頭，失去血色的嘴唇顫抖著。

「要是這次能殺死國王，就不會再收到新的命令了。儘管這是成為英雄的大好機會，不過我不想冒險。所以，我還是決定從美樹和陽菜子之間挑一個。」

「那、那你為什麼會寫美樹？」

「這也是有原因的。雖然我認為你有可能保留學生手冊，可是又無法確定。因為你也有可能把它交給美樹或陽菜子。不過如果是這樣，美樹應該不會拿才對。」

陽平低頭看著地上那具動也不動的屍體。

「陽菜子一定很不想死。也許還曾經拜託你，把學生手冊交給她，我就是怕這樣。」

「既然這樣，為什麼你還會寫美樹？」

「美樹已經失去求生的意志。因為她最愛的班長死了，所以她心裡可能在想，自己死了也無所謂吧。」

「……」

看著無言反駁的武，陽平高聲地笑了。

「果然被我猜對了。美樹的個性本來就很好猜，而且她又是一副要死不活的樣子。」

「你這麼說太……」

武表情呆滯地跪在地上。

「哈哈哈，我不是說過了嗎？我可以看穿你們心裡在想什麼。」

陽平的眼神充滿了狂妄，他瞪著夢斗說：

「接下來……輪到夢斗這邊了。與其繼續猜測武和陽菜子誰的手裡有學生手冊，倒不如從你們3個人之中選一個，我的存活率還比較高呢。」

「……就算現在求你放我們一馬，似乎也太晚了對吧。」

聽到夢斗這麼問，陽平笑著搖頭。

「很遺憾，是太晚了。老實說，我真的不想殺死你們其中任何一位，可是我沒得選擇。」

「是啊……總不能雙方都去死吧。」

「嗯。事情變成這個樣子，實在很遺憾。如果能過著普通的校園生活，我想我們一定可以成為好朋友……」

陽平壓低音量說。

「那麼，要開始了。雖然時間還剩很多，不過還是早點結束吧，免得夜長夢多。畢竟這也不是令人開心的工作。」

陽平像是在觀察一般輪流看著夢斗、由那和風香的臉。

「……想要盡快結束國王遊戲的話，應該要寫由那的名字吧。因為她一直都很袒護智輝。」

「你的意思是，你要寫由那？」

「等等，先別急。由那的確是國王的可疑人選之一，可是風香也有嫌疑喔。」

「我？」

風香揚起眉，瞪著陽平說。

「你想說，我是國王嗎？」

「我是說有此可能。之前妳也反對霸凌智輝，而且態度很不客氣。從這點看來，妳比由那更有替智輝報仇的可能性。」

「別開玩笑了！如果我拿到凱爾德病毒，想要替智輝報仇的話，也只會針對誠一郎他們發出懲罰的命令，才不會把無辜的同學扯進來呢。」

「妳說的也不無道理啦。可是即使如此，也不能說絕對不是妳啊。現在班上只剩下12個人，我當然不是國王，和智輝毫無關係的蘿斗也不是，剩下的10個人之中……不，美樹死後只剩下9個人吧。雖然死去的美樹也有可能是國王。」

陽平雙臂交叉，發出沉吟。

「重點是，這次的命令並不是要猜誰是國王。也許，這也是國王事先算計好的。」

「換句話說，國王應該是你絕對不可能寫他名字的人。若不是你陣營裡的人，就是男生之中的佐登志或蒼太了？」

「也許吧。可是我並不會因為這樣，就寫我的隊友或是佐登志、蒼太的名字。」

「既然如此，就快點寫我們其中一個人的名字啊！」

風香對著個頭比自己高的陽平怒吼。

「不過，要是你寫的那個人手上有學生手冊的話，到時候你受罰也不要怨別人喔。因為不是我們害死你的。」

「這點我知道。但是我說過了，我是絕對不會死的。」

陽平邊說邊看著由那。

「喂，由那⋯⋯妳手上有沒有夢斗的學生手冊？」

「⋯⋯你說呢。」

由那的眼睛直瞪著陽平回答。

「可能有，也可能沒有。」

「喔，真是會閃躲啊。我本來還等著看妳會有什麼反應呢。真有一套。我想起來了，妳念中學的時候，曾經參加過話劇社。」

「你的記性還真好。是有這件事沒錯。」

「我跟你念同一所中學，當時在學園祭的話劇表演上，妳扮演的是公主的角色，演得真是精彩。當時我就覺得，這個女孩子很正呢。」

「⋯⋯這種時候還有閒情逸致說這些？還是說，這是你想動搖我的伎倆？」

「不，我說的是真心話，妳只是不了解自己的魅力而已。我想，妳向男生告白的話，一定很少有男生會拒絕。」

陽平舔著乾澀的嘴唇，笑著說。

「不過要是我向妳告白，一定會被拒絕吧。畢竟，我這個人只是個配角。」

「陽平，你不是喜歡奈留美，才背叛我們的嗎？」
「嗯，奈留美是很特別的女孩子。女生可能不了解吧，可是夢斗應該很清楚。被奈留美鎖定的獵物，大概沒一個跑得掉。」
「可是，夢斗和星也都拒絕過奈留美喔。」
「那是因為他們沒有待在奈留美的身邊。要是夢斗待在奈留美身邊，很快就會變成她的俘虜，奈留美就是那麼具有魔性的女孩。不過，先不談女生了，現在的問題是夢斗的學生手冊會在誰的手裡。」
陽平的視線，固定在夢斗身上。
「……夢斗，其實我不用說這麼多，也知道誰的手上沒有學生手冊。」
「……是嗎？那你為什麼要和由那她們說那麼多，還問她有沒有學生手冊？」
「那就像是在做最後的確認一樣。我現在已經確定了。」
陽平拿起筆在手冊上寫了幾個字後，把字亮給夢斗看。上面寫的是佐佐山夢斗。
「你寫我的名字？」
「嗯。因為我尊敬你，才會寫你的名字。」
陽平神情哀傷地看著夢斗。
「老實說，我也不確定你的學生手冊，究竟在由那或是風香的手裡，不過我確定不在你身上。」
「……為什麼你會這麼想？」

「因為你是好人。」

陽平自信滿滿地說。

「看到這次命令的時候，你應該煩惱過『該把手冊交給由那或是風香』吧？你根本沒想過要保住自己的命。」

「沒錯，你說對了，陽平。」

「夢斗……你是好人，我真的不想殺你。不過我想，你應該會願意為朋友犧牲自己吧。無緣和你當哥兒們實在太可惜了，如果沒有國王遊戲……的話……啊……」

陽平的額頭突然隆起一大塊。

「啊……怎、怎麼會這樣……」

「難、難道……」

陽平單手摀著隆起的額頭，不敢置信地看著夢斗。

「嗯。學生手冊在我的手裡。」

看到夢斗從口袋裡拿出學生手冊，陽平震驚地睜大了眼睛。

「怎、怎麼可能……」

「因為我們猜中你的心思了。我的確是有打算把學生手冊交給由那或是風香，可是她們都不願意收下。」

「啊……」

「而且由那說，你應該會寫我的名字。」

夢斗看著站在身邊的由那。由那哀傷地說：

「陽平太了解夢斗的個性，所以我想，你一定會寫夢斗的名字。因為那是最不可能會死的選擇。」

「唔……唔……」

陽平的額頭漲到極限，終於爆開。

「夢……夢斗……救……救我……」

炸掉半邊臉的陽平倒地不起，雙手和雙腳不停地抽搐。幾十秒後，動作停了下來。

「陽平，我也想和你當哥兒們啊……」

夢斗幽幽地說。

【11月8日（星期一）下午4點52分】

「中島陽平和前田美樹死了。」

夢斗對校門口前的宮內和川島這麼說。

宮內的視線投向夢斗和武運來的屍體。屍體用白色的床單包裹，頭顱的部分滲出了鮮紅的血。

「是嗎……知道了。我們會把屍體運走的。你們幾個過來！」

宮內後面幾名身穿防護衣的男子，把屍體搬上了卡車。

夢斗楞楞地看著這幕光景。

——現在，還存活的人只剩下我、由那、風香、武、陽菜子、奈留美、久志、伊織、蒼太、佐登志10個人了……。如果陽平或美樹其中之一是國王的話，就不會有下一道命令了，所以應該不可能。如果陽平是國王，根本不會發出這種陷自己於死地的命令。而美樹深愛著班長英行，也不可能是國王。

「國王應該還活著。」

「恐怕是吧。」

站在身旁的武低聲地說。

「現在，除了自己陣營之外，我誰都不相信。很遺憾，夢斗，我也不能相信你。」

「我也是嗎？」

「嗯。雖然我認為你才剛轉來我們班上，應該和智輝沒有關係。可是說不定還是有什麼交集。班上同學一下子少了這麼多人，我不得不懷疑。你不也一樣會懷疑我嗎？」

「……說得也是。我也會懷疑你是不是國王。」

夢斗無奈地看著武。

「如果這是國王的伎倆，那也莫可奈何。畢竟我們無法掌握其他陣營成員的行動。」

「是啊。不過即使是同陣營的人，最好也要留意。」

武把臉湊近夢斗的耳邊。

「你也不是一天24小時，都和由那、風香黏在一起吧？男女有別，總會有分開行動的時候。」

「說得沒錯……」

「拿我來說吧，雖然我也不想懷疑陽菜子，但同時我也不敢拍胸脯保證她絕對不是國王。所以，如果你不是國王的話，最好還是注意一下自己的隊友。我想，大家都應該這麼做。」

「……」

武的話重重地壓在夢斗的心頭。夢斗感覺周遭的空氣變得好沉悶，幾乎快喘不過氣了。

「由那和風香會是……國王？」

朝教室大樓看去，由那和風香就站在2年A班教室的窗邊。她們剛好也從窗邊的位置朝校門口看著夢斗。

——她們2個絕不可能是國王。絕對不可能……。

萝斗的指甲不自覺地深深陷入手心的肉裡。

洗完臉，回到電腦教室，剛才還在教室的風香已經不見蹤影。萝斗走近坐在窗戶旁邊的由那。

「咦？風香跑去哪裡了？」

「她說要去出去散步，透透氣。」

由那把正在使用的手機放在桌面上，仰頭看著萝斗。

「她好像是往社團教室大樓去了。」

「是嗎？現在這個時候，單獨外出很危險啊。」

「我也是這麼說的，可是她說現在沒有關係。」

「話是沒錯，現在的確不需要和其他陣營爭個你死我活……」

萝斗皺著眉說。

——這次的命令已經結束，所以到明天中午前應該沒什麼問題才對。不過，要是有人懷疑風香是國王的話，那麼不管有沒有命令，那個人都會伺機攻擊風香。因為只要國王死了，遊戲就會結束。

「……我去找風香回來。」

「我也跟你一起去。」

由那這麼說的同時，把手機放在接著插座的桌上型充電器上面。

「啊……」
「嗯？怎麼了？」
由那看著充電器時，夢斗突然叫了一聲。
「啊……對不起，有件事，我一直放在心裡……」
「放在心裡？」
「嗯。不過，也許是我太疑神疑鬼了……」
就在這時候，風香打開教室的門走了進來。看到夢斗和由那在裡面時，詭異地笑了。
「由那，妳該不會是想趁我不在的時候，誘惑夢斗吧？」
「妳、妳在胡說什麼！」
由那紅著臉，拼命搖頭否認。
「其實，我和夢斗正要去找妳呢。」
「喔，是這樣嗎？」
「嗯。就算現在沒有國王的命令，還是不要單獨外出比較好喔。」
夢斗憂心忡忡地走向風香。
「蒼太和佐登志他們可能會偷襲妳，哪怕國王遊戲並沒有這樣要求。」
「的確是有這種可能，我太大意了，對不起。」
風香吐出粉紅色的舌頭，輕輕地低下頭。
「我因為要想事情，所以才出去走走。」

「想事情？」

「想國王是誰啊。」

「……那麼，妳想出答案了嗎？」

「沒有。不過，我知道誰不是國王。」

「誰？」

「就是你和由那。」

風香交互看著夢斗和由那說。

「我、夢斗、由那都是同一個陣營，相處的時間很長，所以，我認為你們兩個絕不可能啟動那種要同學自相殘殺的國王遊戲。」

「妳這麼想，我很高興。那你認為，國王是另外7名生還者之一嗎？」

「剩下的生還者……我想想看，武、陽菜子、奈留美、伊織、久志、蒼太和佐登志……我覺得這7個人都很可疑。」

「都很可疑？」

「嗯，蒼太和佐登志是那種殺同學不眨眼的瘋子、武是警方鎖定的嫌疑人、伊織又和行蹤不明的宗介有關係、久志打從國王遊戲開始之後，作風比過去更加低調，至於陽菜子嘛……我記得國王遊戲開始的那一天，她就站在花瓶的前面。」

「是啊。當天，陽菜子的確就站在我的書桌前方。」

「所以，我也懷疑陽菜子。」

「那麼，奈留美呢？」

聽到夢斗這麼問，風香沉吟了一會兒。

「嗯，照理說，奈留美是沒有什麼嫌疑啦，因為她對自己的人生好像沒什麼不滿，跟智輝之間也沒有牽扯。可是有件事我覺得很奇怪。」

「奇怪？」

「夢斗，你聽說過國王遊戲的傳聞吧？就是在國王遊戲中唯一的生還者，體內的病毒會產生突變，讓人長生不老。」

「嗯……」

夢斗想起不久之前，陽平給他看的網路留言。

「我想起來了，是有這樣的傳言沒錯。」

「雖然有點離譜，不過好像有很多人深信不疑。凱爾德病毒的確是會在人體裡面出現變種，而且現在世界各國都在進行研究。」

「可是我不認為，這麼危險的病毒，會對人類有所幫助。」

「話是沒錯。不過，應該有人會被這種長生不老的謠言吸引吧。奈留美長得那麼漂亮，說不定她也很希望自己能夠青春永駐啊。」

「我想起來了，之前在鬼抓人的命令中，奈留美好像說過類似的話。」

夢斗的腦海中浮現出奈留美說過的話。

『我好喜歡自己喔，外表和個性都喜歡。如果能夠永遠保持現在的樣子，長生不老的話，不知道該有多好。』

——沒錯。奈留美是這樣說過。這麼說，奈留美也有啟動國王遊戲的動機了？

風香窺看著陷入沉思的夢斗。

「夢斗，你之前好像沒有想過奈留美可能就是國王吧？」

「是啊。不過我聽過那個長生不老的傳說，也知道奈留美渴望青春永駐。」

「你該不會是因為奈留美長得漂亮，才沒有懷疑她吧？」

「才不是。只是，奈留美如果是國王，就表示動機跟智輝沒有關係對吧？可是我認為，國王的信件裡提到的，是為了替智輝報仇才啟動國王遊戲的理由比較有說服力。」

夢斗緊閉嘴唇，眉頭深鎖。

——之前我一直以為，國王是為了替智輝報仇。難道，是為了別的原因？可是我怎麼看，都覺得那封信裡面寫的才是國王真正的心聲。除非國王故弄玄虛，想誤導我們。

「真是不甘心，我們好像都被國王要得團團轉呢。」

風香握起拳頭，放在嘴邊，雙眉微微地皺起。

「現在，每個陣營除了自己的隊友之外，都不相信任何人了。」

「這樣一來，競爭也會變得更加激烈了……」

「也只能繼續猜忌下去了。國王的信藏在校園裡面，這就證明了國王是我們其中之一。」

聽到風香這麼說，夢斗感到喉嚨一陣乾渴。

命令12

【11月9日（星期二）中午12點53分】

電腦教室裡面傳出了簡訊鈴聲。

夢斗臉色蒼白地看著智慧型手機的液晶螢幕，上面出現的是國王遊戲的新命令。

【11／9星期二12：53　寄件者：國王　主旨：國王遊戲　本文：這是赤池山高中2年A班全班同學強制參加的國王遊戲。國王的命令絕對要達成。※不允許中途棄權。※命令12：殺死同性的同學。不得殺死異性。若無人死去，每隔24小時，會隨機挑選一名學生進行懲罰，直到有6名學生死去為止。　END】

「6名……」

夢斗口中發出乾啞的聲音。

——在這次的命令中，可能會來殺我的人是蒼太、佐登志、久志，還有武。會去殺由那和風香的是奈留美、伊織、陽菜子。不管怎麼說，必須先躲起來才行。

「由那、風香，我們快逃吧。」

「逃？要逃去哪裡？」

聽到風香這麼問，夢斗舉起手，直指赤池山。

夢斗等人帶著電腦教室裡的保特瓶礦泉水、營養補給品、零食，一起逃往後門。在確認後門無人埋伏之後，匆匆忙忙地跑向赤池山。

由那和風香跑在前面，殿後的夢斗回頭看著教室大樓。窗戶那裡看不到半個人影，後門出口附近也沒有人。

——說不定，同陣營的人之間也開始猜忌了。武和陽菜子是一男一女，不需要互相殘殺。不過蒼太和佐登志兩個都是男的，奈留美和伊織也都是女的，有可能會殺了對方。不管怎麼說，趁現在逃到赤池山裡，才能保護由那和風香。

夢斗拿瓶裝水的手握緊著，開始在地面鋪滿落葉的山路上奔跑。

長滿芒草的山坡被橘紅色的夕陽染成一片橙黃色，芒草穗在風中恣意地搖擺著。

夢斗從草叢間的縫隙看去，山路就在距離100公尺處。

「嗯……沒問題，還沒有人爬上來。」

「大家還留在學校裡面嗎？」

由那蹲下身子，拉了一下夢斗的衣袖。

「不清楚。不過，情況對我們有利。」

「有利？」

「嗯。奈留美陣營和蒼太陣營很有可能會互相殘殺。因為這次的命令是要殺死同性，所以奈留美和伊織很可能會殺死彼此，蒼太和佐登志也是。武和陽菜子是異性，不需要殺死彼此。」

「那麼，武的陣營有可能來攻擊我們囉……」

「提高警覺總是好的。由那、風香，妳們兩個只要提防陽菜子就行了。」

「也對，武應該不會殺我們兩個女生……」
「如果是這樣，也許我們就可以通過這關。」
風香嘆了口氣，一屁股坐在睡袋上面。
「我們已經躲進山裡了，要發現我們不是那麼容易的。」
「嗯。而且，這個區域長滿了2公尺高的芒草，從外面的確很難發現到我們。」
夢斗的眼睛朝四周看了一圈。附近都是芒草叢，想要從外面發現他們，的確不容易。
「一般人應該想不到，有人會躲在芒草叢裡面吧。」
「是啊。通常都是往樹林裡面躲吧。就算要找人，也會以樹林為主要搜索區。」
風香指尖輕輕碰觸了一下芒草的莖。尖端的白色花穗輕輕搖曳著。
「接下來打算怎麼辦？夢斗。」
「……暫時先在這裡躲著吧。這樣我才能保護由那和風香妳們啊。」
「保護我們？」
「嗯。規定女生只能攻擊女生。其他陣營的女生要是看到有男孩子在旁邊保護妳們，應該不敢輕易靠近。」
「的確，男生的力氣是比女生大多了。而且，女生不能夠殺夢斗……」
「這次的命令是這樣規定沒錯。」
夢斗拿出書包裡預藏的刀子。
「風香，這個妳拿著。這是時貞從誠一郎手中搶過來的。」

「刀子……」

「萬一情況危急的時候就用它。我真的不希望妳們兩個有人死去。」

「你的意思是，為了活下去，不惜殺人嗎？」

「……嗯。」

面對風香的問題，夢斗點頭回應。

「老實說，我也不希望妳們殺人，可是不想失去妳們心情更甚於百倍。所以，遇到危險的時候，就拿這把刀子來自我防衛，不要猶豫。」

「……說得也是。這時候必須狠下心才行。」

風香望著手中的刀子。

「知道了。我一定會活下去，也會保護由那。即使必須殺人……」

風香的話，讓四周的空氣變得更凝重了。

由那的臉色變得蒼白。夢斗舔了舔舌頭，想濕潤乾渴的嘴。

——盡量讓由那和風香不要動手殺同學。要是有個萬一，我就……。

夢斗放在膝蓋上的拳頭，用力緊握著。

睜開眼睛，明月已經高掛夜空。婆娑搖曳的芒草叢散發著草香，飄進了鼻子裡。

「你醒著嗎？夢斗。」

耳朵傳來由那的聲音。夢斗把身體撐起來坐著，伸展了一下筋骨。

「嗯。我睡多久了？」

「大概有2個小時。風香還在睡覺。」

由那看著睡在旁邊的風香，微微地笑了。

「大家都累了。」

「由那，妳不要緊吧？」

「我沒事。反正也睡不著。」

「至少閉目養神吧，身體必須休息才行。」

「我知道。對了，剛才我有看到手電筒的燈光喔。」

「咦？在哪裡？」

「因為很暗，所以不是很確定。好像是山路那邊吧。應該是2個人，因為有兩束光線。往山頂的方向去了。」

「是嗎？沒有往這邊來？」

夢斗吐了一口氣。

「已經走遠了。我想應該沒事，不過還是小心點比較好。」

「是啊。至少有2個人進來山裡了。」

「我比較擔心他們進來山裡的目的。如果只是想躲起來避難倒還好，不過也有可能是想殺掉其他陣營的同性同學。」

「而且，大家都躲起來沒有人死的話，到時候每隔24小時，就要隨機挑人進行處罰了。」

聽到由那這麼說，夢斗咬緊了嘴唇。

——我擔心的就是這個。要是大家都忙著逃命的話，每隔24小時，就會有一個人受到處罰……。

「我想還不至於發生隨機挑人進行處罰的事吧。」

「意思是有人會動手嗎？」

「嗯。我猜蒼太、佐登志，還有奈留美，他們應該不喜歡隨機挑人處罰這種事。只要每隔24小時殺一個人，就可以避開隨機處罰了。」

「如果他們為了活下去，決定不擇手段的話，的確是會這樣……」

「我想，這也是國王的伎倆吧。如果國王是我們其中之一，那他自己也有可能受到處罰。所以國王一定有自信，不會發生那種情況。」

「反正，國王就是非要我們殺個你死我活不可。」

由那的聲音更加低沉了。

「真是猜不透國王到底在想什麼。既然要殺死我們所有人，為何不在遊戲一開始，就殺光光呢？還要勞師動眾透過命令來折磨我們。」

「也許，他就是想懲罰班上同學對智輝見死不救吧。利用折磨的手段，淨化大家的罪。我想，這就是國王的真正用意。」

「真正用意？」

「當然，也有可能是國王故意要誤導我們。」

夢斗從書包裡拿出礦泉水，像是急著讓乾澀的嘴唇得到滋潤般大口喝下。

「之前風香不是說過嗎？說不定有人為了長生不老，啟動了這個遊戲。」

「如果是這個原因的話，奈留美陣營的嫌疑最大。」

「是啊，過著舒服日子的人，通常都希望能長生不老吧。」

「我很慶幸，自己過著普通生活……」

月光照著由那的臉，神情顯得落寞。

「普通生活啊……對現在的日本來說，也是一種奢望呢……」

「都是凱爾德病毒，讓死去的人越來越多。」

「也許，那是人禍吧。」

「人禍？」

「嗯。就是邪惡的人，把凱爾德病毒拿來不當運用。北海道的事件也是，發生在我們班上的事也是。」

夢斗沉默了好幾秒。

「現在各國都在研究凱爾德病毒，我想，應該不單純只是想把凱爾德病毒用在維護世界和平上吧，有些國家一定會想把它用在戰爭上。」

「戰爭……」

「只要敵國感染凱爾德病毒，再利用奈米女王程式來操縱，這樣就可以瓦解敵人的戰鬥力了。」

「會有人想出這種手段嗎？」

「很遺憾，恐怕是有的。現在各國之間，不都是你爭我奪的嗎？」

「人類實在是很愛爭奪啊……」

由那聲音低沉地自語著。

「我們班上也在彼此競爭。雖說事關生死，也不能怪誰，可是其中也有人無所不用其極地想殺死同學。」

「我想，這次的命令也會變成這樣。不、說不定，已經有人死了。」

「有人死了？」

「我也不確定是誰，不過這次的命令會引起同伴相殘。這時候要去推測在哪裡、發生什麼爭端，實在是太難了。」

「難道，真的要殺死6位同學嗎？已經想不出辦法了嗎？」

「……只有找出國王，才有可能解除命令。」

夢斗的手用力握緊，手中的保特瓶喀啦一聲，瓶身立刻凹陷。

「就算殺了國王，也不能解除這次的命令。解決的辦法就是活捉國王。問題是，我們不知道國王到底是誰。」

「結果還是回到老問題上面。到底誰是國王呢……」

「到底誰是國王……」

夢斗皺起眉頭說。

——看這情況，還是必須先找到國王才行。只要能掌握明確的證據，其他陣營應該會幫忙。活捉國王，叫他解除命令。

「我們去找國王吧，只有這樣，才能拯救大家……」

「夢斗！」

聽到由那驚慌的叫喊，夢斗瞬間意識到自己有了危險，趕緊轉身撲倒在地。在滾動的同時，眼睛也在搜尋，這才發現手裡拿刀的久志就站在那裡。久志面無表情地朝夢斗繼續揮刀。

夢斗舉起手護住頭部，手心因而被美工刀劃傷。

「唔！由那，快去和風香待在一起！」

夢斗在芒草叢中沒命地奔跑，臉部因為痛苦而皺縮起來，背後傳來久志追趕的腳步聲。

——久志不能殺異性的由那和風香，所以他是衝著我來的。一定要甩掉他才行！

穿過大片芒草叢後，出現在前方的是一片陡峭的斜坡。夢斗在林木間穿梭，拼命往坡頂爬去。儘管被枝葉打在臉上，也不敢放慢速度。

不知何時，背後的腳步聲消失了。

幾分鐘之後，夢斗背靠著枹櫟樹的樹幹，稍作喘息。頭上的樹葉颯颯地搖動著。

夢斗躲在樹後面，偷窺剛才爬上來的斜坡。茂盛的枝葉遮住了月光，視線非常惡劣，不過好像沒有看到追兵。

「成功甩掉了嗎……」

夢斗做了一個深呼吸之後，擦拭著額頭的汗水。

——久志打算攻擊其他陣營的男生。那麼，跟他同陣營的奈留美，很可能也會去攻擊由那她們。我得盡快跟她們兩個會合才行。

夢斗用手帕包紮被劃傷的手心，同時繼續奔跑。

爬上斜坡之後，視野頓時變得開闊了。這時夢斗才發現，幾公尺的前方不是地面，而是陡峭的懸崖。從懸崖下面吹上來的風，把夢斗的前髮吹得微微飄起。

夢斗往前踏出一步，觀察懸崖下方。下面傳來潺潺的流水聲，應該是有河川流過。

「這邊是懸崖啊，好危險。」

身上的汗水瞬間凍住了。要是剛才被久志一路追趕到這裡來，恐怕早就成了懸崖下的冤魂。

「得趕緊通知由那她們才行……」

夢斗從口袋裡取出智慧型手機。從發出微光的液晶螢幕上，突然看到久志正站在自己的身旁。

「久、久志……」

久志沒有理會夢斗，舉起美工刀揮下。幸好刀子打到夢斗的智慧型手機，掉到了腳邊。

夢斗趕緊從久志身旁跳開。

「這次……你是逃不掉的。」

久志的雙手左右張開，堵住夢斗的去路。

「你是不是以為已經成功甩掉我啦？太笨了，我小時候玩捉迷藏，沒有一個小朋友能逃過我的追捕呢。因為誰都沒發現，我已經來到他們身邊了。」
久志的瞳孔反射著月光，但是很黯淡。
「你真不該發現我的，我本來還想給你一個痛快呢……」
「你要殺我？」
夢斗才往後退一步，就聽到腳下的小石子滾落背後懸崖的聲音。
久志點點頭，直盯著夢斗說：
「別無選擇了。這次的命令必須死6個人才會結束。要是我們不互相殺彼此的話，每隔24小時，就要隨機挑選一個人接受處罰。」
「找到國王就可以解決啊。只要叫國王解除這次的命令就行了。」
「重點是，要怎麼樣找出國王？」
「我們可以一起討論啊。之前大家都是分成小組行動，才會找不到國王。可是只要大家一起討論、一起行動的話，應該可以找出誰是國王！」
「說得簡單。我們既不是警察也不是偵探，要找出國王談何容易。而且要大家團結合作更不可能，因為武已經死了。」
「武死了？」
夢斗沙啞地說。
「為、為什麼武……」
「被我殺死啦。」

久志白皙的臉上帶著微笑說。

「武和陽菜子一起躲在體育館裡，我拿美工刀從背後偷襲。武完全沒有發現我就在後面呢。」

「……怎麼連你也狠得下心殺自己的同學？」

「我也不想殺武，但是迫不得已啊。我確定自己不是國王，既然這樣只好殺其他同學了，也許國王就是其中一個呢。蒼太和佐登志也是這麼想的吧。」

久志的眼睛瞇得像針一樣細。

「老實說，我知道你是國王的可能性很小，不過也不是零。為了保險起見，我還是決定殺了你。」

「難道，你打算殺死全部的人嗎？」

「規定不能殺女生。但至少把男生殺光的話，就不會有人來殺我啦。蒼太和佐登志雖然不好對付，不過只要我想來真的，照樣可以輕易殺死他們。憑我的特技就沒問題。」

「久志……」

夢斗感覺到久志散發出來的強烈殺氣，不由得倒抽一口氣。久志拿著美工刀，一步步逼近夢斗。

「你已經無路可退啦，夢斗。」

「……無論如何，都非殺我不可嗎？」

「只有這樣，才能提高我的存活率。雖然不知道誰是國王，不過如果能殺死國王，就不會有下一次的命令啦。」

「國王也有可能是女生。可是你是男生，不能殺女生吧？」

「女生交給奈留美她們去處理。等我殺了你之後，會再回去告訴她們，由那和風香躲在哪裡。」

聽到久志這麼說，夢斗立刻跑開，沿著懸崖邊緣拼命地跑。久志從斜後方緊追不捨。夢斗聽到背後不斷傳來咻咻咻的刀聲。

突然間，夢斗兩腳張開站定，身體往前彎曲之後，立刻用力往後彈起。後頭部正好撞到久志的胸口。

「唔！」

久志發出痛苦的呻吟，倒在地上，不過並沒有放開夢斗的身體。他用左手從後面勒住夢斗的脖子，右手舉起美工刀。

看到反射月光的刀刃，夢斗接著做出下一個動作。雙手緊緊抓住勒在他脖子上的手臂，然後在地上翻滾。

「傻、傻瓜！」

來不及反應的久志，驚慌地咆哮著。就這樣，夢斗和久志兩人的身體離開了地面。

懸崖下方的巨岩，映入了夢斗的眼簾。這樣掉下去的話必死無疑。

夢斗看到先掉下去的久志，臉部因為驚恐而扭曲，手腳也慌亂地揮舞。

閉上眼睛的夢斗，等待死亡的降臨。

——我就要死了，從懸崖上面掉下去而死……。

瞬間，由那和風香的身影浮現腦海。她們告白時的羞怯模樣，像是蒙上了一層霧。在她們背後的巨大黑影突然發動攻擊，兩人滿身鮮血地倒臥在血泊中。

——不行！我絕不能死。一定要保護由那和風香才行！

夢斗用力睜開眼睛。

——不到最後絕不放棄！我還活著。

看到前方搖曳的月光時，夢斗的手腳開始動了起來。他把腳伸直，用右腳鞋尖頂著峭壁。

「哇啊啊啊！」

接著，夢斗大喊一聲，同時以垂直角度朝岩壁用力一蹬，墜下的角度瞬間偏斜，搖曳的月光也近在眼前。

夢斗用雙手護住頭部，往月光的方向下墜。

衝擊的聲音和強烈的水花同時發生。

大量的水從嘴巴和鼻子灌進身體裡面。

夢斗拼命滑動痲痺的手，讓臉浮出水面。吐了幾口水後，繼續奮力地游向岸邊。

夢斗躺在石子地上面劇烈地喘氣。

「得……得救了……」

夜空中的明月和垂直的懸崖同時映入眼簾。

「我就是從那裡掉下來的……真是命大。」

夢斗用麻痺的手把自己撐起來坐直。

「對了……久志呢？」

往四周看去，發現久志的身體就躺在那顆巨岩上。頭部後仰，鮮血從眼窩流到額頭。仔細一看，久志的右手臂從手肘以下早已不見，大概是從懸崖跌落的時候，因為衝擊力過大而斷了吧。

夢斗跛著腳走近久志的身體。久志已經沒有了氣息，兩腳以異常的角度扭曲著，岩石上面被鮮血染成了紅色。

「久志……結果是我殺你了嗎？」

「……」

對於夢斗的問話，久志沒有任何的反應。

「要是你肯幫忙，也許事情就不會變成這樣。不……這只是推託之詞吧。」

——久志是我殺死的。明知道掉下懸崖必死無疑，我還是抱著久志一起從懸崖滾下來了。

「……久志，要是沒有國王遊戲的話，我們也許會成為朋友吧。實在很遺憾。」

夢斗的視線從久志的屍體上移開，轉而看向懸崖上方。

「對了，我得去找回智慧型手機才行。還有，必須通知由那和風香她們……」

突然間，夢斗感到身體失去平衡，整個人倒在地上。

「啊……」

夢斗的臉頰貼著地面，左手往前伸出。眼前的溪流和森林彷彿籠罩在白霧中。

「由那……風香……」

呼喚兩人名字的同時，意識逐漸消失了。

【11月10日（星期三）凌晨3點24分】

睜開眼睛，最先映入眼簾的是橘黃色的床單。

「嗯……唔……」

正想要撐起身體時，卻發現雙手被反綁在背後，雙腳也被用膠帶層層纏繞。

「這是什麼？」

「喔，你醒來啦？」

背後傳來女性說話的聲音。夢斗轉動脖子往後看，奈留美就躺在那裡。旁邊還有一盞電池式的提燈，正發出藍白色的光芒。

奈留美撐起身體，伸出雪白的手放在夢斗的額頭上。

「奈留美，這裡是哪裡？」

「帳棚裡啊。我可是費了好大一番力氣，才把你搬到這裡來呢。」

「帳棚……」

夢斗看了四周的環境。奈留美說得沒錯，這裡是帳棚裡面。墊子還破了一個洞，大概是舊的吧。

「妳去哪裡弄來這頂帳棚的？」

「不是我弄來的，是有人把它放在河岸邊，就這樣放著不管了吧。裡面還有落葉呢。」

「……妳到底想怎麼樣？」

夢斗瞪著奈留美問。

「我身上的膠帶是妳弄的吧？」

「嗯。是我從河邊把昏迷的你搬來這裡之後才纏上去的。」

「為什麼要這麼做？妳是女生，又不能殺我這個男生。」

「是啊。要是能殺你的話，我倒是輕鬆多了……」

奈留美伸出食指，在夢斗的胸口畫圈。

「偏偏國王的命令規定禁止殺異性。不過，你還是派得上用場。」

「派得上用場？」

「嗯，久志不是死了嗎？是你殺死他的吧？」

「……沒錯，是我殺的。」

夢斗低聲說。看到夢斗的嘴唇微微地顫抖，奈留美笑了。

「嗯。真沒想到夢斗會殺死久志呢。從某方面來說，這是好事。」

「好事？怎麼說？」

「我早就在懷疑，久志是不是國王了。因為他太過低調，讓人摸不透心裡在想什麼。」

「既然這樣，為什麼妳們還跟他一起行動？」

「就因為他有可能是國王，要是跟他翻臉的話，對我們很不利啊。」

奈留美把嘴唇靠近夢斗的耳邊。

「算了，反正久志都死了，管他是不是國王。陽平在上一道命令中也死了，我的陣營裡面已經沒有男生了，好希望有人代替他們喔。」

「妳是說我嗎？」

「答・對・了！目前生還的男生就只剩下你、蒼太和佐登志了。其中最不可能是國王，而且比較聽話的就是你了。要是你能當我的隊友，國王的女性嫌疑人就比較容易減少了。」

「女性嫌疑人？妳是指由那和風香？」

「那還用說嗎！尤其是由那更可疑，因為她以前老是袒護智輝。」

「由那不可能是國王！絕對不可能！」

「誰說絕對不可能，是你不願意去相信而已吧？」

「因為……」

看到夢斗張嘴無言以對的樣子，奈留美提高了笑聲。

「喂，夢斗，你是轉學生，所以很多事情你不知道。以我來說吧，我和自殺的智輝從來沒說過話，也不曾出面阻止霸凌。這樣的人，怎麼可能會是國王呢。與其和嫌疑重大的由那及風香合作，倒不如跟我聯手不是比較安全嗎？」

「那可不一定，妳也有動機。」

「我有動機？」

「嗯。聽說，在國王遊戲中，唯一生還者體內的凱爾德病毒會變種，讓人長生不老。那不正是妳最渴望的嗎？我記得妳曾說過希望青春永駐。」

聽到夢斗的話，奈留美細緻的雙眉皺了一下。

「原來，你也聽說過那個傳聞啊……」

「妳果然也知道……」

「是啊，前陣子網路上，很多人都在談論這件事。」

「既然妳也聽說過，那就有可能成為妳的動機了。換句話說，沒有人能斷言，妳絕對不是國王。」

「原來如此……你因為這樣懷疑我嗎？」

「老實說，雖然我認為妳是國王的可能性很低，可是絕不能斷言妳不是國王。至少比起由那和風香，我覺得妳的嫌疑更高。」

「哼……我的嫌疑比由那和風香高……？」

奈留美把臉湊近夢斗，盯著他看。

「是不是由那和風香跟你告白了？」

「妳、妳怎麼知道？」

「哈哈哈，果然被我猜對啦。」

看到面紅耳赤的夢斗，奈留美露出雪白的牙齒笑著說。

「那麼，你選誰啊？我記得你一開始好像和由那處得不錯，你選了她對吧？」

「選誰是我的事，跟妳沒有關係！」

「誰說沒關係的，我也很喜歡你呢。」

「少來這套了，妳只是想找個可以被妳使喚的小兵而已。」

「這樣說也沒錯啦。不過，當一個被我寵愛的小兵，不也很幸福嗎？」

奈留美的表情起了變化。眼睛濕潤、臉頰泛起紅暈、從豐潤的雙唇之間伸出來的粉紅色舌頭，像蛇一般蠕動著。

「夢斗，你有接吻的經驗嗎？」

「……沒有，幹嘛問這個……」

冷不防的，奈留美的嘴唇貼上了夢斗的嘴唇，濕潤的舌頭滑進了夢斗的口中。

「嗯……嗯……」

夢斗兩眼睜開，看著眼前的奈留美。奈留美閉著眼，臉微微地側向一邊。

「嗯嗯……嗯……」

滑進夢斗口中的舌頭配合奈留美的呻吟聲，像生物般攪動著。

夢斗想往兩邊移動，卻被奈留美的手制止。

奈留美不知何時鬆開了夢斗上衣的鈕釦。她把手伸進去，往下腹部移動。

持續幾分鐘的舌吻，奈留美緩緩地張開被唾液沾溼的雙唇。

「我的吻滋味如何，夢斗？」

「妳、妳到底在做什麼！」

夢斗滿臉通紅地怒吼。

「做什麼，當然是舌吻啊。感覺很不錯吧？」

「……夠了，快把膠帶鬆開！」

「不行！還沒完呢。」

「什麼還沒完……？」

「你知道的，就是做愛啊。」

「做……做……」

「其實你一定很想試試，跟我做愛的感覺吧？」

奈留美的手鬆開夢斗的皮帶，滑進長褲裡面。

「你只要乖乖享受就行了，我會讓你體驗什麼是銷魂的快感。」

「不要鬧了！我才不想！」

雖然拼了命地掙扎，但是手腳被膠帶層層綑綁的夢斗，根本無法反抗。

奈留美跨坐在夢斗的身體上，開始解開自己上衣的鈕釦。穿著雪白胸罩的豐滿胸部，毫不保留地呈現在夢斗面前。

「夢斗……」

奈留美發出嬌嗔的呻吟，舌頭在夢斗的脖子上游移著。

「夢斗，我來舔遍你的全身吧，我對自己的技巧很有自信喔。」

說著，奈留美的舌頭從夢斗的脖子往下滑到胸口。奈留美殘留在夢斗身上的唾液反射著燈光。

夢斗感覺到自己的身體有種快被融化的感覺。隨著奈留美舌頭的滑動，忍不住發出了呻吟。

「呵呵，夢斗，你抵抗也沒有用的，我會一直挑逗到你愛上我為止。」
「現……現在不是做這件事的時候啊！」
「嘴巴這麼說，其實心裡很開心不是嗎？我把你綁起來，就是不想讓你反抗。」
奈留美的舌尖還在移動著，身體也緊貼在夢斗身上。
「你對由那和風香有好感吧？我會讓你忘記她們，只為我一個人神魂顛倒。」
這時候，奈留美放在帳棚角落的智慧型手機，傳來古典樂的鈴聲。
「真是的，怎麼偏偏挑這美妙的時刻呢……」
奈留美離開夢斗的身體，接起智慧型手機。
「喔……是伊織，怎麼了？」
智慧型手機傳出像是伊織的聲音，不過聽不清楚說話的內容。
「……嗯，在水池附近的雜木林？好，我馬上過去。」
通話結束後，奈留美一邊扣起上衣的鈕釦，一邊對夢斗說：
「很抱歉，夢斗，我臨時有事要離開一下，你在這裡等我喔。」
「有事？什麼事？」
「伊織發現由那和風香她們了，我們的運氣真好。」
「運氣真好……？難道，妳們打算殺……」
「當然要殺啊，不殺死6個人的話，這次的命令是不會結束的。」
「不、不可以！」

夢斗的臉色頓時發白。

「拜託妳，千萬不能殺由那和風香，她們兩個絕對不是國王啊！」

「我不是說了嗎！因為你們是同陣營的隊友，所以你不願意懷疑她們。可是，盲目信任隊友是會出人命的。」

「可是我和由那、風香都是一起行動的啊。」

「是嗎？那麼，你也跟由那她們一起洗澡、一起上廁所嗎？你睡覺的時間，由那或風香，都沒有偷偷溜開嗎？」

「這、這個……」

看到啞口無言的夢斗，奈留美發出勝利的笑聲。

「我就說嘛。像我啊，也不完全相信伊織。可是有時候為了生存，還是得和不信任的隊友一起行動，這是生存的智慧。」

「既然妳想活下去，那就協助我們吧！武和久志已經死了，所以24小時之內應該不會有隨機懲罰，我們可以趁這段時間找出國王啊。」

「那只是白費力氣而已。國王不是用智慧型手機發送命令嗎？而且還是指定時間傳送。換句話說，這不是一般情況，就算有不在場證明也沒有意義。」

「可是，只要我們互相監視，國王就沒有機會發出命令了吧？而且，國王也有可能是死去的武或久志啊。」

「這次的命令還在進行當中，怎麼可能互相監視。夢斗，你有辦法一直跟蒼太或佐登志一起行動嗎？稍不留意，很可能會被他們殺死耶。」

奈留美嘆了口氣說。

「再說，如果國王是武或久志，那這次的命令就無法解除了。所以，還是得殺6名同學才能確定。」

「確定……」

「只要殺了由那和風香，你就會死心了吧？武、久志、由那、風香，然後是陽菜子和蒼太。這些人之中，應該有一個是國王吧。」

「要是妳殺死由那或風香，我絕不原諒妳。」

「不原諒又如何？你又不能殺我，因為我們是異性。眼前的問題是，你現在動彈不得，還能做什麼呢？」

奈留美從放在帳棚角落的袋子裡，拿出一把雕刻刀。

「雖然不是殺傷力強大的工具，不過和伊織聯手的話，應該沒問題吧。」

「等一下！奈留美！」

「我才不要呢。倒是你，要乖乖在這裡等我喔。我回來之後再繼續剛才那件事。啊、這叫放置PLAY。我聽說，很多男人喜歡這樣玩呢。」

奈留美笑著拿起電池式提燈，走出了帳棚。

「奈留美！奈留美！」

夢斗在漆黑的帳棚裡狂吼著，可是沒有得到任何回應。

「可惡！這不是開玩笑的啊！」

夢斗扭動著身體，來到帳棚外面。

夜空繁星點點，潺潺的流水聲清晰可聞。這裡應該距離之前墜落的懸崖不遠吧。冷風不時吹來，四周的樹木颯颯作響地搖動著。奈留美已經跑得不見蹤影了。

「我得想辦法趕去救由那她們才行！」

夢斗往四周張望，最後發現幾十公尺外的一顆岩石，眼睛立刻亮了起來。

「就是那個！只要利用那個，應該就沒有問題了！」

夢斗拼命扭動被綁縛的手腳，朝岩石的方向爬去。

【11月10日（星期三）清晨5點48分】

在岩石上面磨蹭無數次的膠帶，發出啪啦啪啦的聲音後，終於斷了。

「成功了！太好了！」

夢斗用恢復自由的雙手，剝開纏在腳上的膠帶。雙腳可以自由行動後，夢斗立刻站起來，往斜坡的方向跑去。

——智慧型手機就掉在那裡。拿到手機後，馬上通知由那她們，奈留美去找她們了。

四周飄起薄薄的雲霧，雖然天色漸亮，不過視野還是很模糊。

夢斗四處尋找通往懸崖上方的山路。

數十分鐘之後，總算在懸崖上面找到了自己的手機。夢斗一面調整急促的呼吸，一面打給由那，可是沒有人接。夢斗又打給風香，一樣也沒有接。

「為什麼都沒有人接呢！」

夢斗憂心忡忡地咋舌，改傳簡訊。

【奈留美和伊織已經鎖定妳們了。快逃！妳們的藏身之處被發現了！】

一想到她們兩個遭到奈留美攻擊的情景，夢斗感到身上的汗水一下子全變冷了。

——得趕緊去救她們才行。奈留美和伊織通話的時候，好像有提到由美她們在水池附近的雜木林。去那裡的話，也許可以找到人。

夢斗把手機放回褲袋裡，朝山頂飛奔而去。

水池就在山頂附近的樹林裡。直徑約10公尺左右的水池上面飄著許多落葉，而且水質混濁。風吹進樹林裡，水面上的葉子也像扁舟一樣搖曳著。

夢斗在堆滿落葉的山路上前進。每走一步，腳底下的樹葉就颯颯作響。

往更茂密的樹林走去，夢斗的視線立刻注意到幾公尺前方的地面。因為那裡的落葉被鮮血染成了紅色。

「是血……」

夢斗的心臟加速跳動。

——難道由那和風香已經被……。

「由那！風香！」

夢斗呼喚兩人的名字，可是沒有人回答。

「唔！到底在哪裡？」

夢斗在樹林裡四處張望，嘴裡呼喚著由那和風香的名字。

走出雜木林後，眼前是一大片平緩的斜坡。斜坡上有一個區域草木不生，看起來像是整地之後，裸露出來的褐色土壤。

終於，他發現了奈留美和伊織正往斜坡下方跑去，而穿著制服的由那和風香則是在前面逃命。風香的手摀著側腹，看起來像是受了傷。

「找到了！」

夢斗以斜線朝由那的方向往下跑。

「住手！」

夢斗跑到奈留美和伊織的前面，張開雙手，擋住兩人的去路。

「我不准妳們殺由那和風香！」

「夢斗！」

由那和風香的聲音從背後傳來。

「妳們兩個沒事吧？」

夢斗的眼睛瞪著奈留美她們，這麼問由那。

「我沒事，不過風香被奈留美刺中了……」

「我也沒事，傷勢並不嚴重……」

聽到風香的聲音還有力氣，夢斗鬆了一口氣。

「奈留美，妳不要再追殺她們兩個了。」

「騎士趕來救人啦……」

奈留美把沾有血跡的雕刻刀拿在胸前。

「我倒要看看，你能怎麼樣。你沒忘記國王的命令規定吧？我們是女生，男生不能殺女生喔。」

「根本沒必要殺人，我只要阻擋妳們的行動，讓由那和風香殺死妳們就行了。」

「……原來如此。想來這招啊？難道，我或伊織死去，你就無所謂嗎？」

「我也不希望妳們死去，可是誰叫妳們要殺由那和風香，這是妳們自找的。我對班上同學本來就有差別待遇。」

「比起我和伊織，你寧願選由那和風香是嗎？真讓人無言啊。也不是說由那和風香不可愛，不過比起我和伊織，她們差得遠了。」

「問題不是長得漂不漂亮。而是對我而言，由那她們比妳們有魅力多了。」

夢斗斬釘截鐵地說。

「老實說吧，在這次的命令中，像我們這樣有男有女的陣營，佔了絕對的優勢。而奈留美妳們只有女生，蒼太他們也只有男生，陽菜子只剩她一個女生。如果我們真想殺人的話，大可以趁這次的命令，在異性的掩護之下輕鬆殺死同性的同學。」

「話是沒錯。問題是，你有膽子殺死我們嗎？夢斗。」

「如果有人要傷害我的伙伴，我當然敢。為了保護由那和風香，就算要雙手染血，我也在所不惜。妳沒忘記吧？久志可是我殺的呢。」

「……看這樣子，我們是非放棄不可了。」

奈留美對站在身旁的伊織說。

「伊織，要改變目標了。」

「要改為鎖定陽菜子對吧？」

伊織低聲地問，一頭長及腰間的黑色長髮，微微飄動著，遮住了半邊的臉。另一邊的眼睛散發著妖艷的光芒。

「可是，如果要以陽菜子為目標的話，恐怕還要再等一下。」

「喔，也對。24小時之內要是沒有人死去的話，就要隨機挑人接受懲罰。也就是說，要殺陽菜子的話，最好等到下午1點過後再動手。這樣就可以躲過下一次的隨機懲罰對吧。」

「嗯。先把她抓起來，過幾個小時之後再殺了她。」

聽到伊織的計畫，夢斗的身體不由得打了一個冷顫。

他實在不敢相信，伊織居然是這麼充滿攻擊性的女生。站在眼前的伊織，在說明殺人計畫時，臉上絲毫沒有情感可言。

——是國王遊戲讓伊織性情大變的嗎？還是打從一開始，伊織就打算要殺死自己的同學呢？難道，伊織是國王……？

「你怎麼了？夢斗。」

伊織的黑色瞳孔，瞪著夢斗問。

「你從剛才就一直在看我對吧？」

「……」

看到無言以對的夢斗，奈留美笑了。

「哎呀，該不會是被伊織的美貌迷惑了吧？別看這丫頭外表乖巧，其實個性陰險得很呢。說不定，比我還要恐怖喔。」

奈留美在伊織的肩膀上拍了一下。

「好了，我們走吧。繼續留在這裡，萬一夢斗他們動了殺意，我們可就危險了。」

說完，奈留美和伊織轉身往斜坡走下去。

兩人的身影消失在樹林裡之後，夢斗趕緊跑向風香。

「風香，妳哪裡受傷了？」

「側腹和手臂受了點皮肉傷……不過不礙事。」

風香臉色蒼白地微笑說。

「手臂的傷雖然深了些，但還不至於要人命。」

「讓我看看。」

夢斗抬起風香的手檢查。傷口至少有10公分長，是被美工刀劃的吧？

鮮血從破開的皮膚不斷地滲出來。

「還在流血呢。」

「這點小傷不要緊啦。過一下子就會止血了。」

「不，還是給醫生看一下比較好。我們一起回學校去吧。」

「不行！」

風香甩開夢斗的手，揚起眉說。

「蒼太他們很可能還留在學校。如果非回去不可，由那和我回去就行了。這樣你就不會遭到暗算。」

「不行，萬一奈留美他們在中途埋伏怎麼辦？那樣更危險。奈留美她們知道妳受了傷，很可能會以妳為目標啊。」
「總之，先回樹林找地方躲起來再說吧。」
由那打斷夢斗和風香的談話。
「我們的行李都在那裡。先拿水清洗風香的傷口，避免細菌感染比較重要。」
「也對。風香，妳還走得動嗎？」
「沒問題。我才不會因為這點小傷就動不了呢。」
風香舉起受傷的手彎成直角說。
「夢斗，你才讓我們擔心呢。臉色那麼差，衣服也髒兮兮的。」
「嗯，因為發生了不少事……」
夢斗想起久志的事情，表情跟著凝重了起來。
「詳細的經過，以後再說給妳們聽。總之，先去拿行李吧。」
夢斗一行人朝放行李的樹林走去。

拿了行李後，夢斗、由那、風香三人從背對學校的山路走下山。到了這個季節，闊葉樹的葉子已經轉為紅色和黃色，山區的景色也顯得多采多姿。一到空曠的場所，就可以看到幾百公尺下方的道路。好幾輛自衛隊的車停在那裡，還有幾名身穿防護衣的男子在附近來回巡視。
「他們好像是在防止我們脫逃呢。」
「嗯……」

旁邊的由那低聲說。

「我們根本不可能逃走。而且，逃出去也沒有意義。」

「是啊。相反的，離開這裡的話，說不定就無法達成命令了。只是，就算政府知道這些，還是會繼續監視我們吧。」

「與其這麼勞師動眾，何不告訴我們誰是國王，至少我們就不需要同學彼此之間互相殘殺了……」

「好像是受到國王的威脅吧。國王跟他們說，等殺光了我們之後就會去自首。而且政府也不想冒險，為了保護其他國民，也只能眼睜睜看著我們被國王殺光了。」

夢斗拿書包的那隻手，不自覺地用力握緊。

——也許吧。為了全人類著想，或許我們被殺光比較好。這樣的話，凱爾德病毒就不會擴散到本州了……。

夢斗輪流看著由那和風香。

——不、不行！絕不能讓由那和風香被殺死。就算要我用生命保護她們兩個，也在所不惜！

這時候，夢斗看到風香的後面，隱約有一面像是用木頭築起的牆。

「嗯？怎麼了？」

夢斗撥開野草，朝那面木頭牆走去。

那是一間小木屋，牆面被綠色的藤蔓覆蓋了一大半，木製的窗戶也已經破損不堪。

夢斗警戒地觀望四周的環境之後，才打開小木屋的門。裡面大約有四坪大，一個人也沒有。漂浮在半空中的塵埃，反射著從窗戶照進來的光線，閃閃發亮著。

「好，就是這裡了……」

夢斗對背後的由那說。

「由那，讓風香在這裡躺下來休息吧。她好像很累了。」

「嗯，這樣比較好。」

由那看著縮起身體，蹲在路上的風香說。

「這個地方應該可以躺下來好好休息。」

「由那，妳和風香一起留在小木屋裡吧。」

「夢斗，你要去哪裡？」

「我去設法把小木屋的牆遮起來，這樣從山路就看不到了。我想，只要把藤蔓的葉子重新鋪一下，應該沒問題。」

夢斗看著覆蓋在木牆上的藤蔓這麼說。

【11月10日（星期三）下午4點22分】

從堆積著塵埃的窗戶看出去，外面已經是一片橘紅色的景致。夢斗在智慧型手機上確認過時間後，轉頭看著睡在旁邊的風香。風香縮著身體，發出小小的鼾聲。受傷的那隻手，也用由那的手帕包紮妥當了。

坐在夢斗旁邊的由那，拉拉他的袖子說：

「夢斗，你吃點東西吧。」

「還有什麼吃的嗎？」

「嗯……一包洋芋片、3塊巧克力和20顆糖……」

「水呢？」

「還有3瓶半的水。剛才幫風香沖洗傷口時用去了不少。」

「是嗎？等一下我去找水，不用擔心。只不過，要喝山裡的水就是了。」

「是啊。倒是吃的比較缺乏。從剩下的量來看，今天就會吃光了吧。」

「看樣子，明天得回去學校一趟才行呢。」

夢斗雙臂交叉，發出沉吟。

——萬一遭到其他陣營的攻擊，沒有力氣對抗就糟了。回學校的話，很容易可以取得食物，至少可以多撐1、2天沒問題，飲水也可以解決。為了幫風香止痛，還要拿止痛藥才行。

「……等入夜之後，我就回學校去。」

「咦？要是蒼太他們埋伏在學校裡怎麼辦？」
由那擔心地看著夢斗。
「我覺得，還是不要冒這個險比較好。」
「不，我想拿止痛藥、食物，還有電池的充電器及手電筒。」
「啊……說得也是。手機是該充電了。」
「嗯，這次的命令還沒有結束，國王應該不會傳送新的命令來才對。」
「……如果武或久志其中一個是國王的話，我們就不會再收到新的命令了吧。」
聽到由那這麼問，夢斗點頭回應。
「是有這個可能。武本來就是警方鎖定的嫌疑人之一，久志也有可能是國王。而且……」
「而且？」
「說不定還會有人死去。奈留美她們過說過要去殺陽菜子，而蒼太也隨時會來偷襲我。」
由那的身體抖了一下，表情十分凝重。
「夢斗……我、我好害怕……」
「害怕？是怕奈留美她們嗎？」
「不是，是怕我自己。」
由那的雙肩微微地顫抖，淚水在眼眶裡打轉。
「打從國王遊戲開始，每次看到同學死去，我內心就感到非常難過。可是現在，為了夢斗和風香能活下去，我卻巴不得班上同學去死。這次的命令，還必須要有4個人死對吧？」

由那白得像白蠟燭的臉頰，微微抽動著。

「就算國王已經死了，這次的命令也無法解除。換句話說，目前倖存的8個人，也就是奈留美、伊織、陽菜子、蒼太、佐登志，還有我們3個人之中，必須再死4個人才行。」

「必須再死4個……」

「是的。我希望死的人，是除了我們之外的其他同學。」

「……我也一樣。」

夢斗低聲地說。

「我不希望妳和風香死。雖然我也不想看到班上同學死去，可是要我選的話，我會毫不猶豫保護妳和風香。」

「因為我們曾經向你告白的緣故嗎？」

「那也是原因吧。還有，這段時間以來，我們都是一起行動的伙伴，所以之前我也不希望星也和時貞死去。」

「嗯……」

由那的眼眶濕了。

「其他陣營的同學一定也是這麼想吧。」

「國王的目的，就是要讓我們互相殘殺。要是一開始，我們班能團結合作的話，也許很快就能找出國王是誰了。」

「現在要大家團結，似乎是不可能了。除非等到這次的命令結束……」

「我想也是……」

夢斗緊閉嘴唇，低頭看著地上。

——如果知道國王是誰，那麼大家就可以合作了。可是目前的情況，根本不可能。奈留美她們想要置由那和風香於死地，蒼太他們也想殺了我。這樣的話，不但可以達成這次命令，還能殺了國王的嫌疑人。

夢斗的襯衫被脖子流下來的汗水沾濕了。

——幸好目前的情況對我們有利。只要善用這個條件，應該可以活下去吧。如果繼續躲起來的話，按照奈留美陣營和蒼太陣營的個性，很有可能演變成互相殘殺。

夢斗看著地上，眼裡有淡淡的火光。

——沒錯。只要蒼太他們互相殘殺的話，我們就可以躲過每24小時的隨機懲罰了。如果是這樣的話……。

這時，睡在夢斗旁邊的風香，突然抓住他的手。

「夢斗，你怎麼了？」

香風的眼睛半張開看著夢斗。

「你的表情看起來好可怕喔，發生什麼事了嗎？」

「啊、沒有，沒什麼事。」

夢斗故作鎮定地回答。

「對了，妳的傷要不要緊？」

「好多了，血已經止住了。有水可以喝嗎？我有點渴。」
「好，妳等一下。」
夢斗把由那遞給他的瓶裝水拿給風香。風香撐起身子坐直，把水一飲而盡。
「呼。雖然水是溫的，不過真的好好喝喔。」
「要吃點東西嗎？對身體比較好。」
「不用了，我完全沒有食慾。而且沒剩多少對吧。」
「妳不用擔心這些，我會回學校去拿吃的回來。」
「回學校？」
風香皺起了眉頭。
「那多危險啊，一直躲在這裡不就好了嗎？而且，你已經把小木屋遮蓋起來，不會那麼容易被發現的。」
「不，我還想拿手電筒。還有，我希望妳們手上都有武器。」
「武器……」
「以防萬一而已。畢竟，我們陣營有男有女，攻擊我們的話風險也滿高的。」
「是啊。要是男生殺過來的話，我和由那會阻止他們，是女生的話，就由夢斗你負責出面……。」
「嗯，所以蒼太和奈留美他們攻擊我們的可能性很低。」
「既然這樣，不要回學校去比較安全不是嗎？忍個2、3天不吃東西，也不會怎麼樣。我覺得，我們還是守在一起比較好。」
「就是為了讓我們守在一起，所以我才要回去。這樣就可以多撐幾天。」
夢斗的視線投向布滿塵埃的窗戶。
「奈留美陣營現在打算要去偷襲落單的陽菜子，蒼太陣營也想殺了我吧，所以有可能正在搜山中。他們一定知道我沒有躲在學校裡面。」
「可是蒼太他們有兩個人，說不定其中一個埋伏在校園裡啊。」
「放心吧，如果我發現情況不對，會馬上回到山裡的。」
「真的不要太冒險喔。你還沒給我們答案，要是就這樣死了，我絕不會原諒你的。」
「我知道，好不容易走桃花運，就這樣死去多可惜啊。」
聽到夢斗的話，風香和由那不由得笑了出來。

最先發現異狀的人是由那。
「夢斗，那邊在冒煙！」
「冒煙？」
夢斗撐起身體坐直，他看了一下四周的情況，果然有白色的煙霧正從小木屋的牆縫滲進來。從窗戶看出去，外面有一大片橘紅色的火焰。
「由那、風香，我們快離開這裡！」
夢斗大喊，同時打開小木屋的門。

跑到屋外一看，大片山林已經陷入火海。火星在天空中飛舞，腳下的野草也冒著白煙。
「難道是為了把我們逼出來，所以放火燒山……」
被封鎖的赤池山，怎麼可能會失火呢。夢斗馬上聯想到，極有可能是蒼太他們縱火。
——蒼太他們是有可能為了逼我們出去而縱火。問題是，要是連女生也被燒死的話怎麼辦？或者，他們有什麼計畫嗎？
夢斗感覺到陣陣的熱氣撲來，臉上的表情顯得凝重。
「妳們兩個跟著我！我們要從這裡逃出去！」
「逃出去？可是能逃去哪裡呢？」
風香看看四周，這麼問夢斗。
「煙這麼大，自衛隊又封山，我們無法逃到山下的。」
「逃去有水的地方。在那裡不會被燒死。還有，記得用礦泉水淋在自己身上！」
在夢斗的指示下，風香和由那拿起瓶裝水，從頭往身上澆下去。夢斗接過剩下的水，也把自己的頭和衣服淋濕。
「快點！跑的時候把頭壓低，不要吸進濃煙！」
夢斗一行人用手摀著嘴，開始從山路往上爬。
通往山頂的路線，在大量的濃煙遮蔽下幾乎看不見，只能聽到四周不斷傳來樹木燃燒的劈啪聲。橘紅色的灰燼也如雪花般飄落在衣服上面。

夢斗轉過頭去看，橘紅色的火焰像海浪一般，往這邊逼近。

「由那、風香，往這邊！」

夢斗指著煙較少的斜坡說。

「只要出了這片樹林，應該就可以到水池那裡了。」

「好！」「嗯！」

風香和由那同時回答。

夢斗拿著從地上撿起來的樹枝，撥開眼前燃燒中的雜草。

——只要走到沼澤那裡，應該就不會被燒死了。一定要想辦法逃出這片濃煙。一定要活下去！

【11月10日（星期三）晚間11點25分】

「成功了！到沼澤區了！」

夢斗看著流過眼前的水，眼神亮了起來。

「快點在水的旁邊蹲下來，快！」

由那和風香照夢斗的話迅速在水邊蹲下。

確定沒有濃煙時，夢斗才把手放在膝蓋上，呼了一口氣。

稍作喘息之後，夢斗抬起頭觀察四周的情況。雖然火勢蔓延整座山，水池對岸的雜木林也陷入火海，火勢綿延了數十公尺，不過這附近的天空還是亮的。

「怎麼會造成這麼大規模的森林火災呢……」

「大概是最近很少下雨的關係吧。」

風香蹲在原地說。

「好像很多地方都在燒，說不定他們同時在不同的地方點火。」

「極有可能是蒼太幹的好事，因為他想殺了我……」

「你錯啦。」

背後突然傳來男生的聲音。

夢斗立刻轉過頭去看。蒼太側著頭，面帶微笑站在那裡，右手還握著一把木刀。

「終於找到你了，夢斗。」

「蒼太……」

夢斗的嘴裡發出乾啞的聲音。

「你怎麼會找到這裡來？」

「我想，只要山裡著火的話，你們一定會逃到有水的地方，所以就先在這裡等囉。」

「果然是你幹的好事。」

「是啊，不過目的不是為了要殺你。」

蒼太用木刀的前端，敲敲自己的肩膀說。

「的確，縱火的人是我沒錯，不過不是為了殺人。如果我真想殺人的話，會準備更周全的計畫，防止任何人逃到水邊來。可是我點火的方式，卻是不管從哪個地方都能逃到水池這邊來喔。」

「原來如此，這樣你就不會殺死女生了對吧……」

「答對了。夢斗，你這個人很聰明，我就猜到你會為了保護伙伴而逃到水邊來！」

「你沒想過，奈留美她們也會被燒死嗎？」

「奈留美她們和陽菜子不會死的。在放火之前，我已經先傳簡訊通知她們了。」

蒼太伸出舌頭舔了一下嘴唇。

「不過，風勢比我預料的還大，所以火勢一發不可收拾。萬一有女生被燒死，那我就有可能要受懲罰了。」

「你就為了把我引來水池這邊，不惜引起森林大火嗎……」

「畢竟這關係到我的死活啊。到目前為止，死的人只有武和久志，所以還得再殺4個，命令才算達成。」

「殺了我之後又能怎麼樣？剩下的都是女生，你又拿她們沒辦法。」

「這個問題你就不用擔心了。等我把你殺了之後，奈留美她們會來殺還活著的女生。這樣就達成這次的命令了。你、由那、風香、陽菜子死了的話，加上武和久志，一共就是6個人啦。」

「照你的盤算，你打算讓自己人，還有奈留美她們活下來是嗎……」

「我希望奈留美她們也一起去死，因為國王是女生。」

「你為什麼敢如此斷言？」

聽到夢斗這麼問，蒼太露出雪白的牙齒笑著說。

「咦？你沒有注意到嗎？國王有留下提示呢。」

「提示？」

「是啊。難不成，只有我一個人發現嗎？」

「什麼提示？」

「現在知道這些也沒有意義啊，你人都快死了。」

「誰說我會死。說不定正好相反，你會被我殺死呢。」

「哈哈哈，的確，這樣的可能性不能說完全沒有。」

蒼太用木刀的前端指著夢斗，帶著天真的笑容說：

「那麼，我把提示告訴你好了。提示就在命令10當中。」

「命令10？是尋找國王信件的那個命令嗎？可是，那篇文章的內容，看不出國王可能是女生的線索啊？」

「絕對有。你只要唸出來就知道了。重點是那幾封信的第一個字。」

「第一個字……」

「不過很可惜，你沒有那個機會了。」

蒼太正要走近夢斗的時候，由那和風香擋住他的去路。

她們兩個張開雙臂，護著夢斗。

「你休想殺夢斗。」

風香手拿刀子，瞪著蒼太說。

「你應該知道規定吧，男生不能殺女生喔。」

「當然知道，所以我才會拿這種武器。」

蒼太用木刀的前端指著風香。

「用這個的話，就能癱瘓妳們的行動，又不會鬧出人命。只是斷幾根肋骨和腳骨而已，死不了人的。到時候，我會通知奈留美她們來收拾妳們兩位。」

「在此之前，你會先死在我們手上。由我和由那牽制你的行動，再讓夢斗動手殺了你。」

「沒那麼簡單。我的體育成績雖然只有中等，不過我可是劍道高手喔。我曾經在鎮上的道場，打贏一個四段的對手。當時我只是照自己的方式揮動竹刀，沒想到輕輕鬆鬆就打贏對手了。」

蒼太的右手腕隨便動兩下，手上的木刀就跟著上下左右揮舞，還發出咻咻咻的風聲。

「就算妳們兩個一起上，也碰不到我的，只會讓自己多處骨折、無法走路。」

「就算是這樣，我們也……」

「風香，不需要跟他多費唇舌了。」

夢斗把手放在風香的肩膀上。

「把刀子給我，由我來和蒼太一決勝負。」

「可是……」

「放心吧，我不會輸的。」

夢斗從風香手裡接過刀子，眼睛瞪著蒼太。

「蒼太，來單挑如何？你也同意這種方式吧。」

「我是無所謂，不過就憑那把小刀，能贏得了我嗎？」

蒼太的眼睛瞇成一條線。

「雖然金屬的刀子殺傷力較強，不過你碰不到我的。而且就我所知，你沒拿刀殺過人，運動細胞也不怎麼樣。」

「我的運動細胞的確只是普通程度、也沒拿刀殺過人。不過我有自信，絕對不會輸給你！」

「你的意思是，你有本事殺我囉？」

「……沒錯。我必須保護由那和風香，所以我不會死。」

夢斗往後看了一眼由那和風香。她們兩個也憂心地看著夢斗。

——要是我死了，奈留美她們一定會來殺由那和風香的！所以無論如何，絕對不能死！

夢斗握刀的那隻手，滲出了汗水。

「那麼，要開始囉。」

說話的同時，蒼太兩手握住木刀，右腳往前踏出一步，刀尖對著夢斗畫了一個∞字。

「那麼，由我先開攻可以嗎？」

「蒼太……你當真要……」

夢斗的話還未說完，蒼太的刀子已經揮下。時間抓得很準，一擊就把夢斗手上的刀子打落地面。

夢斗楞楞地看著掉在腳邊的刀子。

「啊、抱歉抱歉，我不該在你說話的時候動手的。剛才那一刀不算。」

「……速度好快，幾乎看不到刀子。」

「雖然力道普通，不過我對自己的速度很有信心。我為剛才那一刀向你道歉。」

「道歉？」

「嗯。我本來想讓你在沒有痛苦的情況下死去，不過好像是不可能了。現在只好先打斷手腳，等你無法動彈之後再瞄準頭部。這樣應該會痛吧，我想。」

「我這個人很怕痛呢。」

「怕痛的話，就乖乖站著別動。我會朝你的頭直接打下去，也許這樣就會死了吧。在感覺到疼痛之前昏過去的話，死的時候就不會感覺到痛苦了。」

「這我恐怕辦不到。」
「我想也是。那麼，你把刀子撿起來吧。」
蒼太往後退了幾步，拉開和夢斗之間的距離。
看著一臉邪惡笑容的蒼太，夢斗皺著眉問：
「你好像很有自信呢。你認為，絕不可能輸給我嗎？」
「不，我想你還是有5％的勝算，如果你手上有拿刀子的話……」
「既然有死的可能，為何還要讓我撿起刀子呢？」
「那樣比較刺激不是嗎？那種感覺，就好像在跟一個保護2位公主的騎士決鬥……啊，那我的角色不就是大壞蛋了嗎？」
「從你過去的表現看來，你也不是什麼正義使者……」
夢斗邊說，邊撿起腳邊的刀子。
「我最後問你一次，我想你應該會老實回答我才對。」
「你想問什麼？」
「你是國王嗎？」
「不是，我不是國王。」
蒼太不假思索地回答。
「我只是樂在其中而已。平凡生活中是體驗不到這種樂趣的。」
「是嗎……」

「找出國王的任務就交給我吧。既然已經知道國王是女生，那麼只要把女生全部殺光，下一道命令就不會來了。而我呢，則是成為國王遊戲最後的贏家！」

蒼太的眼睛閃爍著橘紅色的火焰，令人不寒而慄。

「那麼，我們繼續吧。」

「……好啊。」

夢斗握著剛才撿起來的刀子。看到他這個動作，蒼太睜大了眼睛。

「你這是在做什麼?你不是左撇子吧?」

「用普通的方法，我恐怕贏不了你。」

夢斗左手拿著刀子，斜舉在胸前，右手也舉到和臉頰等高的位置。

「可以由我先發動攻擊嗎?」

「當然可以。不過要是這次你的刀子又掉在地上，可沒機會撿起來囉。」

「這我知道……」

說完之後，夢斗迅速往前踏出去，蒼太也同時往前。空氣中傳出裂開的聲音，木刀前端對準夢斗的左手而來。夢斗迅速抽回持刀的那隻手。在木刀落下的同時，夢斗的刀子也往蒼太的身體刺去。瞬間，蒼太的手腕彷彿鬆脫般轉動，木刀旋即從下往上揮起，前端打中夢斗的刀。就這樣，刀子從夢斗的手中掉到了地上。

不過夢斗的動作並沒有停止。他握緊右拳，斜斜地由下往上朝蒼太的臉打去。

「你太天真啦!」

蒼太看出夢斗的這一步，趕緊收回左腳，拉開和夢斗之間的距離。雖然兩人之間相隔不到1公尺，不過應該沒問題。夢斗的拳頭打不到我的。就在蒼太這麼想的時候，右眼遭到突如其來的重擊。

「唔……」

蒼太發出痛苦的呻吟，一邊的膝蓋跪在地上。夢斗撿起掉在地上的刀子走向蒼太。就在舉起刀子的瞬間，蒼太的木刀也往夢斗的側腹揮去。

這次換夢斗發出痛苦的呻吟，往後退了一步。

「果然有一套……」

蒼太閉著右眼，木刀的前端指著夢斗。鮮血從眼睛的縫隙不斷地流出。

「你剛才撿刀子的同時，也偷偷撿了石頭對吧？」

「沒錯。我就是拿那顆石頭丟你的右眼。要是你當場昏過去，接下來就輕鬆了。」

夢斗手裡拿著刀子，這麼回答蒼太。

「還要繼續比下去嗎？」

「當然，這個命令必須死6個人才會結束呢。」

蒼太張開閉著的右眼。眼眶的周圍沾滿了鮮血。

「這次我不會再讓步了。我一定會盡全力殺死你。」

「啊、找到了、找到了！」

此時，河川對面突然傳來女生的聲音。

萝斗往後退了幾步，往聲音的方向看去。

在雜木林燃燒的火光中，可以看到奈留美就站在一顆數公尺高的岩石上面。

她一面把及肩的長髮往上撥，一面張開豐潤的嘴唇說：

「你還沒殺死萝斗嗎？蒼太。」

「現在正要動手呢。」

蒼太低聲回答。

「之後的事，妳知道該怎麼做吧？奈留美。」

「由我來殺由那和風香對吧？我知道。伊織應該也快趕來了。到時候有你支援的話，我們就輕鬆多了。」

奈留美的視線投向站在萝斗背後的由那和風香。

「萝斗、由那和風香死了的話，還差一個就能達成命令了。到時候補上陽菜子就行了。雖然我不認為萝斗是國王，可是由那、風香和陽菜子這幾個，可是嫌疑重大呢。」

「關於這點，老實說，我也懷疑奈留美妳們呢。」

「我們也懷疑你和佐登志可能是國王啊。不過話說回來，你們以前是霸凌智輝的人。會把智輝逼到自殺的傢伙，我想，應該不會替他報仇吧。」

「妳還滿理智的嘛，奈留美。」

右眼還在流血的蒼太笑著說。

「懷疑我或佐登志是在浪費時間。因為，我只是樂在其中的玩家而已。而以佐登志那種個性，他也不可能冒著死亡的風險，去啟動國王遊戲。」
「如果是這樣的話，那就不會有下次的命令了吧？」
「只要妳或伊織不是國王的話。」
「放心吧，我和伊織都不是。」
奈留美邊說邊朝四周張望。
「那麼，我先去那邊……」
奈留美說話的同時，背後突然出現一個黑影。那個黑影伸出雙手，悄悄地從斜後方將她推落。
「啊！」
奈留美滿臉驚恐地掉進燃燒中的雜木林裡。
「陽菜子……」
夢斗口中喃喃地唸著那個站在巨岩上少女的名字。陽菜子雙手下垂，臉上像是戴了能劇假面一樣，毫無表情。
「呀啊啊啊啊啊啊！」
火光中傳出奈留美淒厲的哀嚎。她的衣服著了火、頭髮也冒出黑煙。
「啊、啊……」
奈留美想逃往水邊，但是因為腳傷，動作快不起來。原本白皙的臉龐變得紅通通，很快又變成了黑色。

「救、救命……」

在火舌的包圍下，奈留美不支倒地。身體以向後扭轉的姿勢，停止了動作。

白煙從她張開的口中冒出來，眼睛的部分也被完全燒光。

夢斗楞楞地看著被橘紅色火焰吞噬的奈留美。她的身體一下子全部變黑色，頭髮也被燒得精光。

「好慘……」

看到奈留美悽慘的模樣，夢斗不忍地摀起了嘴。站在後面的由那和風香也張著嘴，凝視著焦黑的屍體。

夢斗抬起視線，陽菜子不知何時早已不見蹤影。

——陽菜子為了活下去，也開始動手殺其他女同學了。曾經是那麼乖巧的陽菜子，如今全變了樣。

那個戴眼鏡，外表文靜的女孩，毫不遲疑地把自己的同學推入火坑。這樣的現實，讓夢斗感到激動不已。

「真是沒想到啊！」

蒼太望著那一團毫無生命跡象的物體，嘆氣說道。

「我本來還期待奈留美能殺了由那、風香和陽菜子呢。現在變成這樣，也只有冀望在伊織身上了。」

「別妄想了。」

夢斗手拿刀子，瞪著蒼太說。
「我會保護由那和風香！」
「由不得你，因為你的死期到了。」
蒼太的木刀指著夢斗。
「你贏不了我的。像剛才發生的那種事……」
蒼太話說到一半就中斷，手上的木刀也掉到地上。
「咦……」
蒼太彎起手臂，看著自己的雙手。微微顫抖的手指，從根部逐漸脫落。
「這是怎麼回事……」
五根手指瞬間只剩下拇指和小指，其餘的三根手指不停地流出鮮血。
「哈、哈哈！手指脫落了。」
一臉驚慌的蒼太笑著說。右邊臉頰的皮膚也開始剝落，從下顎掉到胸前的位置。
「這就是國王遊戲的懲罰嗎？」
「蒼太……」
夢斗眼睛眨也不眨地看著這一幕。蒼太身上的白色襯衫被血染成了紅色，腹部隆起。胸前和背後的皮膚一片片地剝落而下。
——為什麼蒼太會受到處罰？蒼太並沒有殺女生啊？
「啊……」

夢斗的視線移到了雜木林中奈留美的屍體。

「我懂了。殺死奈留美的人不是陽菜子，陽菜子只是把奈留美推進火裡而已。奈留美是死於這場森林大火。」

「原……原來如此……」

蒼太的臉頰痛苦地痙攣著。

「是我放火燒山，所以，殺死奈留美的人……是我。真沒想到……我是這種死法……」

蒼太上半身搖搖晃晃地走近夢斗，每踏出一步，就有脫落的皮膚從褲管掉出來。

「本來，我還想再繼續玩這個遊戲的……可惜……只能到此為止了……」

蒼太撲倒在夢斗的面前，紅黑色的血流到周圍的地面上。

「夢斗！」

由那和風香跑向夢斗。

「我們得救了嗎？」

風香這麼問，夢斗點頭回應。

「嗯，陽菜子救了我們。可是，她應該不是想救我們才來的。」

「是啊，看她那個樣子，說不定是要來殺我們。」

「還是要小心提防。雖然奈留美和蒼太死了，可是還必須再死2個人，命令才會結束。伊織和陽菜子應該會繼續殺女生，而佐登志也會來殺我。」

夢斗警戒地看著四周。

「我們快離開這裡。蒼太恐怕已經通知佐登志，而伊織也快趕來了吧。」

「可是，能逃去哪裡呢？」

「沿著河邊回學校去！現在，學校或許比較安全。」

夢斗這麼說，眼睛看著學校的方向。

【11月11日（星期四）清晨5點52分】

夢斗從教室大樓的2樓窗戶，偷偷探頭向外張望。天色已經亮了，附近也沒有發現人影。再往赤池山看去，有些地方還在冒著白煙，火大概還沒有完全熄滅吧。

夢斗離開窗戶旁邊，不發一語地坐回地上。由那和風香也裹著毯子，睡在教室的角落。

夢斗微笑地看著她們兩個。

——風香的傷口已經包紮好了，身體也充分獲得休息，應該是沒問題了。

閉上眼睛，放在膝蓋上的手指，咚咚咚地敲著。

——現在還活著的人，除了我們之外，就是佐登志、伊織和陽菜子了。他們3個人為了達成命令，隨時都有可能發動偷襲。不過，想殺我們3個，恐怕不是那麼容易的事。佐登志這邊比較令人擔心。他是男生，一定會來殺同樣是男生的我。要是我被殺死了，由那和風香也會遭到伊織她們的毒手……。

「我絕對不能死……」

大概是聽到夢斗在自言自語吧，風香睜開了眼睛。

「嗯……夢斗，你說了什麼嗎？」

「啊、對不起，把妳吵醒了嗎？」

「嗯，沒有，反正我也該醒來了。」

風香看看手機上的時間。

「這次換我來看守，你去睡吧。你一定也很累了，一直醒著的話身體會撐不住的。」
「沒關係，我不想讓自己鬆懈下來。對了，妳的傷勢怎麼樣？」
「嗯，已經止血了，而且也消毒過了。」
彎起纏著紗布的手腕，風香笑著說。
「好像沒有人來過這裡呢。」
「說不定還在山裡面吧。他們也會提防別人的攻擊啊。」
「的確，我們是男女混合的3人陣營，被攻擊的可能性比較低。」
「不過還是不能掉以輕心，伊織和陽菜子為了達成命令，一定會不擇手段。而佐登志也會來找我吧。」
「是啊。必須再死2個人，命令才會結束對吧？」
「嗯……」
夢斗皺著眉頭說。
「要是一直沒有人死的話，就會隨機挑人進行懲罰。今天下午，因為蒼太和奈留美死了，所以大家暫時可以喘口氣，可是明天下午也許還會有人死。」
「就算我們不互相殘殺，也會受到國王遊戲的懲罰而死對吧……」
風香的肩膀微微地顫抖。
「也許，我應該對死亡這件事看開一點吧。」
「妳不需要擔心這些。」

「可是，我們3個人都要活下去是不可能的。就算伊織和陽菜子互相殘殺，還是會有一個人活著。而男生除了佐登志之外，就只剩下你了，所以他不會死的。換句話說，我們之中至少有一個會受到隨機懲罰。」

「這個……」

夢斗的眼睛看著地面。

——的確，在這種情況下，伊織和陽菜子之間死一個的話，就剩下5個人。如果不再死一個的話，國王遊戲就會懲罰我們3個其中之一。隨機挑選的話，我們有60％的機率被選中。也就是我、由那和風香之中會死一個。

夢斗感覺全身的血液，彷彿在瞬間凍結了。

——如果不希望由那或風香死的話，我就得殺了佐登志！

「夢斗，你不要緊吧？」

風香看著夢斗嚴肅的表情問道。

「不、沒什麼事。」

夢斗勉強擠出笑容回答。

「我在想該怎麼做，才能躲過伊織的追殺。如果我們三個一起行動的話，對方應該不敢貿然攻過來才對。」

「是啊。那麼，等由那醒來之後，我們一起去拿吃的吧。」

「這樣的確比較安全。」

夢斗看著沉睡中的由那。她像貓一般地蜷曲著身體，眼睛緊閉著。
「今天她好像睡得很好呢。」
「一直在山區裡面跑來跑去，一定很累吧。」
「我們就等由那醒來再說吧。也只有這時候能安心睡覺了。」
看著由那的臉，夢斗忍不住嘆了一口氣。
「希望由那正作著美夢……」

幾個小時之後，夢斗等人把食物和飲水搬到教室大樓，三個人輪流監視周圍的狀況，可是始終沒看到佐登志、伊織和陽菜子的蹤影出現在校園。

【11月12日（星期五）午夜12點12分】

「已經是12日了……」

由那看著手機螢幕，口中喃喃自語著。

「嗯……」

坐在教室窗邊的夢斗也低沉地說。

「佐登志、伊織和陽菜子不死一個的話，再過13個小時，就要隨機挑人進行處罰了。」

「我們受懲罰的可能性很高吧？存活的6個人之中，我們就佔了3個。」

「由那和風香妳們不會受到懲罰的。」

夢斗緊緊握著從褲袋裡拿出來的刀子說。

「只要我殺了佐登志，就不會有人受罰了。」

「夢斗！」

由那大聲說。裹著毛毯，坐在角落的風香聽到夢斗的話也臉色大變。

「夢斗，你要去殺佐登志嗎？」

「反正我已經殺過好幾個人了。我投票給龍司，他因此受罰而死；在鬼抓人的命令中，我抓到純一，他也死了。還有，把久志推落懸崖人也是我。」

「那是因為他們想要殺你啊。」

風香緊抓住夢斗的手說。

「可是現在，你去殺死佐登志的話，就是主動殺死同學啊。」
「我顧不了那麼多了！」
夢斗的聲音在房間裡迴響著。
「佐登志一定也想殺我。與其坐以待斃，不如先下手為強。而且佐登志是國王的可能性很高，為了阻擋下一次命令，我必須殺了他！」
「夢斗……」
「我也不想殺同學，可是要是妳們其中之一因此受到隨機懲罰而死，那我會後悔一輩子的。所以我決定要獨自去對付佐登志。」
「一個人去？那太危險了！」
由那抓住夢斗的上衣。
「如果你非去不可，那麼我去幫你，因為我們是伙伴。」
「那怎麼行！」
「為什麼不行？」
「我不希望妳們成為殺人犯的幫凶！」
夢斗像是吶喊一般地回答。
「我要一個人去殺佐登志！這是我的使命。」
「使命？」
風香揚起眉說。

「我們不希望你為我們這麼做啊。把這種殘忍的工作推給你一個人，我才不要！」

「我也不要！」

由那贊成風香的意見。

「我也不願意殺同學，可是為了保護重要的伙伴，我寧願選擇殺人。」

「由那……」

「我們通過這麼多次的國王命令，還不都是因為死了那麼多同學，才能活到現在。間接來說，我也是殺人犯啊。」

由那的眼睛像是被風吹動的湖水般閃爍著光芒。

「打從國王遊戲一開始，我就寧願自己死，也不想動手殺同學，這個想法到現在還是沒變。可是，我也不忍心看到自己喜歡的人死。所以我早就做好殺人的心理準備了。」

「……妳們是說真的嗎？」

「夢斗，你自己不也一樣嗎？為了保護我和風香，不惜要去殺佐登志。既然這樣，我們也要跟你背負同樣的罪！殺死同學的罪！」

「當然，我也做好這樣的覺悟了。」

風香把臉靠近夢斗說。

「我們是出生入死的伙伴對吧？既然你決定要去殺佐登志，我們當然有義務要幫你。」

「妳們真的願意嗎？雖然在國王遊戲裡面殺人不會被判刑，但是一輩子都得承受良心的折磨啊。」

「就算不幫你，情況還不是一樣。我們為了活下來，已經犧牲其他的同學了。這是改變不了的事實。」

風香不知何時流下了眼淚。

「為什麼……為什麼我們會被捲入國王遊戲呢，只因為沒有阻止智輝遭到霸凌嗎？」

「這……」

「夢斗才剛轉來我們班上，也不知道該如何回答這個問題吧。畢竟你是無辜被扯進來的。」

「不，我已經是這個班級的一分子了。雖然時間很短暫，可是我和大家已經建立了出生入死的情誼。」

想到那些死去的同學，夢斗用力地咬著嘴唇。

所有教室窗戶透出來的黃白色燈光，讓教室大樓在黑暗中看起來非常醒目。站在後門出口看著這幕光景，夢斗左胸口的鼓動不自覺地加速。轉過頭看去，後面是漆黑的赤池山。大火已經熄滅，警方和自衛隊的燈光，照射在焦黑的樹林裡。

從赤池山吹下來的風，把夢斗前額的頭髮吹得微微飄起。

「大概還有10小時吧……」

——再這樣下去沒有人死的話，國王就要隨機挑人進行處罰了。如果大家真的想活下去，看到燈火通明的教室大樓，應該會下山來殺死同性才對啊。

「難道，這也在國王的意料之中嗎？故意發出隨機懲罰的規定，好讓我們互相猜忌殺戮……」

夢斗緊握拳頭，靠近嘴邊。

——可是，如果情況繼續這樣下去，誰都有可能會被國王殺死。因為隨機挑人可是不分男女的。

突然，蒼太的話浮現腦海。

『我希望奈留美她們也一起去死，因為國王是女生。』

「國王會是女生嗎……」

——在這次的命令中，死去的女生是奈留美。雖然奈留美是國王的可能性也不是零，但是相較之下，伊織和陽菜子似乎更可疑，而且……。

「由那和風香也是女生……」

夢斗想起國王遊戲開始的那天，在上學途中遇到由那的情景。當時她站在灑滿落葉的山路上，望著學校的教室大樓。

——那個時候，由那為什麼會站在那裡呢？是不是不想太早去學校？

夢斗的喉嚨劇烈地起伏著。

——如果由那是國王，那她可能很早就到學校，把病毒放進花瓶裡面，然後又回到上學的路上。跟著我一起進教室的話，就不會被懷疑在花瓶裡裝設機關的人是她了。

「不可能有這種事，太離譜了！」

夢斗用力搖頭，想要揮去腦海裡的想法。

——由那不可能是國王，風香也不是。如果國王到現在還沒死的話，有可能是伊織、陽菜子，或是佐登志這幾個其中之一。由那和風香不可能是國王，不需要去想那些了！

「夢斗……」

夢斗的背後突然傳來女生的聲音。轉過頭看去，由那和風香就站在那裡。

她們兩個跑向站在後門的夢斗。

「教室的燈全部打開了。」

「好，謝謝妳們。」

夢斗表情嚴肅地向由那她們致謝。

「咦？你怎麼了？」

「不、沒什麼。總之，大家要小心，也許現在教室裡面沒有人，可是過不久，其他生還者應該會集中到這裡來。」

「為了殺我們嗎？」

「嗯。伊織本來就打算要殺死妳們；陽菜子為了活命，不惜把奈留美推入火海中；佐登志同樣毫不猶豫地殺死了同學。雖然我們3個一起行動比較安全，不過還是不能掉以輕心。」

「那接下來，我們該怎麼辦？」

「在這裡監視後門。他們3個人很有可能還躲在山裡。」

夢斗看著月光下的赤池山入口這麼說。

【11月12日（星期五）凌晨3點15分】

夢斗發現後門有動靜，立刻睜大眼睛。果然，後門正中央站著一個女孩。從那隨風飄逸的長髮看來，應該是伊織。

「是伊織嗎……」

「這聲音是……夢斗？」

伊織慢慢地走向夢斗。她的右手握著一把割草用的舊鐮刀，瞳孔像貓眼一樣散發著光芒。

「這件事跟你沒有關係，請你閃開吧。」

「那是不可能的。」

夢斗不客氣地拒絕了。

「妳是來殺死由那和風香的吧？如果是的話，必須先經過我這關。」

「男生不能殺女生喔。」

「不過，可以癱瘓妳的行動力。」

夢斗從口袋裡掏出刀子，往前踏出一步。

「比力氣的話，我這個男生可是佔上風呢。而且，妳同樣不能殺男生，不是嗎？」

「你的對手是我才對，轉學生。」

伊織的背後傳出佐登志的聲音。佐登志手裡拿著一支金屬球棒在地上拖著，緩步走到伊織的身旁。

「原來你們早就回到學校啦，真是勇氣可嘉。」

「你為什麼會和伊織在一起？」

「我們兩個已經組成新聯盟啦。」

佐登志另一隻沒有拿球棒的手，抱著伊織的肩膀說。

「你們有3個男女一起行動，我當然也要找女生合作。剛好，伊織的想法也跟我一樣。」

「沒錯。再說，奈留美和蒼太好像都死了。」

伊織瞪著夢斗背後的由那和風香，聲音低沉地說。

「夢斗，如果你非要阻擋我殺由那和風香，那就先由佐登志殺了你。只要你們陣營死2個人，這次的命令就可以結束了。」

「我們不會讓你們得逞的。」

風香在夢斗的背後大聲說。手裡握著一支從教職員辦公室找來的榔頭。

「妳敢動手殺我們，我們也絕對會毫不客氣地殺掉妳。」

「風香居然也發起狠來啦？也好，這樣我下手時才不會有所顧忌。」

「嗄？就算妳和佐登志聯手，也是2對3。從人數上來看，我們還是佔了上風喔。」

「人數不是問題。關鍵在於殺死對方的意志力強弱。你們陣營的殺人意志太薄弱了。」

伊織篤定地說。

「你們內心一定為了要不要殺我們，而掙扎不已吧！甚至這時候，還在猶豫是否真的要動殺死同學對不對？」

「這……」

「瞧，風香的表情馬上就露餡了呢。」

站在伊織旁邊的佐登志笑著說。在教室大樓透出來的光線照射下，佐登志在地上的影子拉得長長的。

「伊織說得沒錯。你是贏不了我的，轉學生。」

「你……」

夢斗說到一半就停了。

——佐登志的個性又變了。他說話的樣子跟誠一郎好像。

「你是誰？」

「嗄？你在說什麼？我是佐登志啊。」

「不！你沒有注意到，自己的個性變了嗎？現在的你簡直跟誠一郎一模一樣。」

「那很正常啊。」

「正常？」

「誠一郎是被我殺死的，所以我吸收了他的能量。」

「吸收……能量？」

「沒錯。」

佐登志的頭左搖右晃，剛才臉上不可一世的態度也消失了。

「我殺了人之後，會吸取那個人的人格。」

佐登志說話的語氣又變了，而且變得比剛才更陰沉。

「所以，現在我的身體裡住著誠一郎。而且，他還叫我殺了你。」

「佐登志你……」

夢斗感到全身像是爬滿了蟲一般不舒服。這一刻，他彷彿在佐登志的臉上看到了誠一郎。

「我早就想動手殺你了，不過，我體內的若葉卻一直阻止我。」

「若葉？」

「是啊，她也是被我殺死的。若葉喜歡你，所以我心裡一直有個聲音，希望我不要殺你。」

佐登志堆起笑容，繼續說。

「可是，為了活下去，我非得殺死你不可，若葉好像也能理解了。畢竟，我的身體要是死了，她的意識也會消失。」

說著，佐登志瘦長的手臂舉起了金屬球棒。

「所以啦，請你乖乖受死吧，轉學生。」

球棒朝夢斗的頭部揮下。夢斗上半身往旁邊一閃，躲過了攻擊。

金屬球棒的前端打到地面，彈起了灰塵。

「這次我的眼睛可以睜開，所以你不能像上次那樣，把我關進體育館裡了。」

「……我知道。」

夢斗的右手緊緊握住刀柄。

「從某方面來說，這樣很好。」

「很好？」

「因為你要殺我，所以我也可以毫無顧忌地殺了你。」

「喔？你終於開始認真了嗎？既然如此，那我也不能手下留情了。」

佐登志扔開球棒，從口袋裡掏出一把刀子。銀色的刀刃，反射著教室透出來的光。

「我的興趣是收集刀子，書包裡隨時都會放幾把喜歡的刀子。現在你手上拿的那把刀子，也是我的收藏喔。」

「隨時……」

「是啊。所以，我很懂得使用刀子。」

這麼說的同時，佐登志的右腳往前踏出，拿刀的右手往旁邊劃開。夢斗的幾根前髮瞬間落地。

「好可惜，本來想讓你雙眼失明的。」

「唔……」

夢斗的額頭流下冷汗，腳往後退了幾步，手緊握著刀護在胸前。

原本在佐登志背後的伊織，不知何時不見了蹤影。往旁邊看去，後門的由那和風香也不見了。雙方好像在教室裡面展開了對決。

——我得趕快去救她們才行！

想要保護由那和風香的急切感，催促著夢斗展開行動。夢斗大聲叱喝，手裡的刀子同時往佐登志的胸前刺去。佐登志迅速彎下身，閃過夢斗的刀子。

「還是不夠看啊！」

佐登志保持彎曲的姿勢，揮了一刀。夢斗伸出去的那隻手臂立刻感到一陣尖銳的刺痛。

「唔！」

夢斗摀著手臂，拉開和佐登志之間的距離。鮮紅的血從摀住傷口的手指間滲出。看到這幕，佐登志咧嘴笑了。

「嘻、嘻嘻！你的殺氣太弱啦，這樣怎麼殺得了我呢！」

「……的確，你使用刀子的技巧很高明。不過，我這個人打架也從來沒輸過。」

「現在不是在打架，而是互砍啊！」

佐登志說話的語氣又變了。

「放心，現在伊織正在追殺由那和風香。我們會送你們一起上西天，這樣你滿意了吧。」

「你不會如願的，因為我們絕對不會死。」

「都到這個地步了，還嘴硬呢。那你說說看，你要怎麼死裡逃生呢？」

「這樣！」

說著，夢斗轉身背對佐登志跑了起來。

「啊、喂！你想逃嗎！」

背後傳來佐登志的咆哮。

「你敢逃走的話，我馬上去幫助伊織！這樣你也無所謂嗎？」

「當然不行！」

夢斗轉身的同時，把手裡的刀子用力扔出去。刀一直線朝佐登志的胸口飛去。

「唔！」

佐登志伸出左手臂阻擋。刀尖就這樣刺入了那隻手臂裡。

「唔啊啊啊！可惡！」

佐登志發出憤怒的哀嚎，把刀子從手臂拔了出來。

「好大的膽子！」

「我們正在互砍，這是理所當然的吧！」

「哼……很、很好，你說得沒錯。」

佐登志痛苦地皺起了臉，雙手各握著一把刀子。

「這下你沒有武器了吧。」

「那我只好逃了。」

夢斗拼命地逃跑。

「休想逃！今天你非死不可！」

聽到佐登志的怒吼，夢斗的嘴角卻微微地揚起。

——很好，只要我手上沒有武器，佐登志就會來追我，不會去由那她們那邊了。接下來，只要……。

夢斗沿著教室大樓的牆壁逃往玄關的方向，再從玄關跑進教室大樓。他順手拿起放在門邊的拖把，像揮舞球棒一樣，朝追上來的佐登志頭部打去。

佐登志的身體砰的一聲，往後倒下。

夢斗走向倒地的佐登志。舉起拖把正要揮下的瞬間，佐登志突然坐起，用刀刺進夢斗的左腳。

「唔……」

夢斗的臉因為痛苦而扭曲，人往後退了幾步。

「嘻、嘻嘻！這樣你就跑不了啦。」

佐登志發出尖銳的笑聲，搖搖晃晃地站起來，頭部的鮮血汩汩地流下。

「既然你就要死了，在你臨死前，我就讓你們見個面吧。」

「……讓我們見面？」

「嗯嗯，就是你……不，全班同學都在找的那個人。」

「呼……」

原本笑嘻嘻的佐登志，突然收起笑容，雙眉下垂，眼睛也瞇成了一條線。

一陣低沉的嗓音傳進夢斗的耳裡。

「你就是夢斗嗎？幸會。」

「幸會？」

「是啊，我從來沒見過你。」

「從來沒見過我……？」

夢斗用手摀著被刀子刺傷的腳，質問佐登志。

「佐登志，你殺死的人不是誠一郎和若葉嗎？他們怎麼會沒見過我？」

「……我的名字叫智輝。」

佐登志面無表情地說。

「智輝？……那個自殺的智輝嗎？」

「是的。所以，我和你從沒見過面。」

「怎麼可能有這麼離譜的事……」

夢斗睜大雙眼，瞪著佐登志。雖然佐登志的外表沒有改變，但是散發出來的氣息卻和之前完全不同。

——現在的態度和語氣既不像佐登志，也不像誠一郎和若葉。難道真的是智輝？問題是……。

「為什麼智輝會在佐登志的身體裡面？」

「因為我是被佐登志霸凌，自殺身亡的。佐登志好像會吸收被他殺死之人的人格呢。」

佐登志垂著肩，側著頭微笑。

「我想，他本人也承認我是被他霸凌而死的吧。多虧這樣，我才能輕鬆地報仇。」

「報仇……難道……」

「沒錯。我就是國王。」

佐登志的眼睛瞪大到極限。夢斗的心臟也瞬間加速。

「國王……？佐登志，你是國王？」

「不，是存在於佐登志身體裡的我……北村智輝才是國王。」

佐登志拿著刀子，雙臂左右張開。

「誠一郎的陣營把我欺負得好慘，而且沒有人願意出面救我，我是被全班同學殺死的。」

「可是，由那不是有出面制止嗎？」

「……是沒錯，由那、班長，還有幾位同學曾經想要制止。可是，到頭來還不是不了了之。」

佐登志的音量越來越大。

「由那他們在的時候，誠一郎一行人是會收斂一點。可是沒有人的時候又故態復萌。有誰能了解被強迫吞下蟬屍的那種心情呢！」

「我是不了解沒錯！」

夢斗瞪著佐登志說。

「可是，既然那麼痛恨被霸凌，為何不反抗呢？明明有同學願意幫助你。只要你肯拿出勇氣，就不會被霸凌了啊。」

「……是啊，可是我就是沒有勇氣。我不敢挑戰力量強大的誠一郎陣營。所以，我逃出來了，從那個世界逃出來了……」

佐登志眼神充滿了哀傷。

「我是個膽小鬼。也許，受人霸凌的原因，是出在我自己身上吧。」

「出在你自己身上？」

「是啊。現在回想起來，誠一郎他們是對的。」

「霸凌班上同學的人，怎麼會是對的。」

「照理說是這樣沒錯。但是，我不也啟動國王遊戲，把全班同學拖下水嗎？也許誠一郎他們早就發現我這種潛在性格了。」

聽到佐登志的自白，夢斗無言以對。

——佐登志的身體裡面寄宿著被他殺死的同學人格？也許在現實生活中，大家會認為這種事荒謬可笑，但是佐登志卻深信不疑。所以，是佐登志自己塑造出智輝的人格，然後啟動國王遊戲的嗎？

「你真的是國王嗎？」

「……是的。因為我要殺死全班同學。」

佐登志的嘴唇歪向一邊笑了起來。

「我殺了再生信徒中山和夫，把奈米女王和凱爾德病毒弄到手。然後利用這兩種東西啟動了國王遊戲。老實說，看到你們悽慘的死狀，那種感覺真是痛快啊。」

「痛快？」

「是啊，你們……不、跟你無關。是這個班級的人把我逼死的，所以看到他們臨死前的驚恐模樣，真是大快人心呢。」

「……是嗎？其實你是佐登志吧。」

夢斗冷冷地看著滿臉笑容的佐登志。

「我聽說過了，智輝是個單純善良的人，我不相信那樣的智輝，會因為殺同學而感到痛快。你體內的那個智輝，說穿了，是你自己捏造出來的虛構人格。」

「……虛構人格？隨便你怎麼說。反正，我的確在這裡。而且只要佐登志還活著，我就不會死。」

佐登志看了一眼手上握著的刀子。

「在你轉學來之前我就已經死了，所以我並不恨你。可是佐登志和誠一郎好像看你不順眼。而且為了達成國王的命令，還得再死2個人才行。」

「為什麼要下這樣的命令？你自己有可能會死不是嗎？」

「為什麼？因為……」

佐登志的聲音開始斷斷續續。

「因為……我不會死。」

「不會死？你明明有可能會死啊。而且從過去的命令看來……啊！」

夢斗張大嘴看著佐登志。對於夢斗的反應，佐登志納悶地側著頭，皺起了雙眉。

「嗯？怎麼了？夢斗。」

「……佐登志……不、說你是智輝也行，你真的是國王嗎？」

「當然，我沒有騙你的理由。」

「不，也許只是你這麼想而已。」

「嗄？你在說什麼？怎麼可能？」

佐登志的臉微微地抽動著。

「我的身體裡面，的確住著誠一郎、若葉和智輝。他們全都是被我殺死的，而且是我體內的智輝，啟動了國王遊戲。」

「既然如此，為什麼你沒發現被我藏起來的鑰匙呢？命令9的時候，我們全部的人都必須閉上眼睛行動，唯獨國王可以睜開眼睛。所以，如果你的眼睛可以睜開的話，照理說很快就能發現黏在牆壁上的鑰匙啊。」

「那是……」

「國王必須趁那個命令的期間，把信件藏在不同的地方。為了替下一道命令做準備，才會規定只有自己可以睜開眼睛。而鑰匙就黏在牆上，只要睜開眼睛馬上就能發現，可是你卻沒有發現。」

夢斗指著臉色發白的佐登志說。

「你不是國王！沒錯，你只是一廂情願這麼以為而已！」

「別胡說了！我是國王，是我啟動了國王遊戲！」

「既然這樣，那我再問你，如果你是國王，那麼那台裝了奈米女王程式的電腦藏在哪裡？國王不是透過智慧型手機，遠端遙控那台電腦嗎？那麼，電腦在哪裡？」

「唔……我……」

「我沒說錯吧。這還需要想嗎？如果真的是國王，馬上就可以答出來啦。」

「你胡說！我明明就是國王！」

佐登志凶狠地瞪著夢斗。

「我是因為剛才被你的拖把擊中，一時忘記了。過一陣子我就會想起來了！」

「佐登志，你的精神因為承受不了長時間的國王遊戲，所以在殺死誠一郎的時候，為了逃避恐懼，才會捏造出虛假的人格。」

「捏造？」

「是的。就是誠一郎和若葉的人格。你以前的精神狀態不是很穩定，就像是有雙重人格一般。」

夢斗吐了一口氣之後繼續說。

「蒼太死了之後，你就變成孤軍奮戰。也許就是因為陷入這種情況，所以你又捏造出一個新的人格。還給智輝這個人格，賦予了國王的角色。只要把自己想成是國王，恐懼就會消失吧。」

「別胡說了……」

佐登志聲音沙啞地說。

「不可能……絕對不可能……」

「佐登志，我不是醫生也不是專家，可是我的推測應該錯不了。至少可以確定，你並不是國王。」

「不！不是你說的那樣！」

佐登志的牙齒喀哩作響。

「是我身體裡的智輝啟動了國王遊戲！所以我不會死，而且我能隨心所欲地決定要發出什麼命令！」

佐登志兩手持刀，對著夢斗。

「看不清楚真相的你去死吧！我現在就殺了你，然後吸收你的人格！」

「根本沒有什麼吸收人格這種事，一切都是你的妄想。」

「少囉唆！」

兩把刀不停地交互攻擊夢斗。夢斗往後退的同時，拿起拖把攻擊佐登志的腳。

佐登志的膝蓋跪了下去。夢斗發出一聲怒吼，舉起拖把揮了過去。

「傻瓜！」

佐登志伸出細長的手臂，朝夢斗的肩膀刺去。

「唔……」

拖把應聲掉落地上。

看到夢斗痛苦的表情，佐登志揚起嘴角笑了。

「嘻……嘻嘻，你玩完啦。」

「我可還沒認輸喔！」

夢斗把手伸向一旁的鞋櫃，拿出裡面的鞋子，朝佐登志扔去。

「你以為這種攻擊有效嗎？」

佐登志揮開鞋子，往前衝了上去。

「受死吧，轉學生！」

佐登志的刀刃朝夢斗的脖子刺去。夢斗看到反射出金屬光澤的刀刃刺過來，頭立刻往旁邊閃躲，同時跑向前去衝撞佐登志。

「嗄？」

佐登志驚訝地張著嘴，楞楞地看著插在自己肚子上的一把水果刀。

「這是怎麼回事？」

「水果刀啊。在烹飪教室找到的，我預先藏在鞋櫃裡了。」

夢斗搗著肩膀的傷說。

「那是為了等你發動攻擊時所準備的刀子。剛才那支拖把也是。教室大樓裡面還藏了許多工具。不過，都不是什麼殺傷性的武器就是了。」

「唔……你這傢伙。」

「你還是乖乖的別亂動。那把刀的刀刃很長，說不定刺到內臟了。去找警察的話，也許他們會找醫生幫你治療。要不要我打電話給他們？」

「這種程度的小傷，不需要治療。」

佐登志拔出插在肚子上的刀，用力往地上扔去。

「你的心太軟了。換成我的話，會一刀刺進心臟，讓你連說話的餘地都沒有。」

「……是沒錯啦。」

夢斗看著佐登志身上那件被血染成紅色的上衣。

「為了救我的同伴，我應該殺了你。而且這樣也有助於達成命令，不過……」
「不過什麼？」
「眼前還是先去救由那和風香要緊。」
夢斗轉身背對佐登志，跑過一樓的走廊。
「喂！你給我站住！」
背後傳來佐登志的吶喊。但是夢斗完全不予理會，繼續奔跑著。
教室大樓的後門出口，一個人影也沒有。
「跑去哪裡了？」
夢斗邊朝四周張望，邊往教室大樓另一端的樓梯跑上去。
一跑上2樓走廊，就發現由那和伊織兩人在幾十公尺的前方。風香倒在更後面一點的地上。
「由那、風香！」
夢斗大聲呼喊她們的名字，迅速地跑過走廊。
聽到夢斗的聲音，伊織轉過頭看。確認是夢斗之後，連忙推開由那，往對面的方向跑去。
把距離拉開十幾公尺之後，伊織才停下腳步。
「夢斗……佐登志怎麼了？」
「他身受重傷，無法行動了。」

夢斗走到由那和風香的面前，對著伊織說。

「妳不去救他？你們不是新搭檔嗎？」

「……派不上用場的搭檔，不要也罷。」

伊織黑色的瞳孔看著夢斗。

「夢斗，想不想和我搭檔？不，不搭檔也沒關係，只要你閃到一邊，讓我殺了那兩個國王的嫌疑人就好。」

「由那和風香不是國王。」

「這很難說。依我看來，嫌疑可是很重大呢。」

「可是我倒覺得，伊織妳的嫌疑才重大呢。那天妳是最早來學校的，這是事實。而且妳和失蹤的智輝也有牽扯。」

「我才不是國王！」

「這句話每個人都會說。」

夢斗低聲地說。

「在這種情況下，根本猜不出誰是國王。所以我寧可相信我的伙伴由那和風香。」

「相信……？你這麼想的話一定會死的。」

「我會死？」

「沒錯，在國王遊戲裡面，信任是不可能存在的。就連我也會懷疑同陣營的奈留美和久志呢。」

伊織用手指沾起手裡那把鐮刀上面的血跡，抹在走廊窗戶的玻璃上。
「看這情況，我只好把目標改成單獨行動的陽菜子了。雖然我不知道她躲在哪裡。」
「我想，陽菜子也回來學校了。」
「你怎麼知道？」
「因為把奈留美推進火海裡的人，就是陽菜子。」
「是嗎……陽菜子為了活命，也動手殺人啦。」
伊織秀氣的雙眉皺了起來。
「可是，這樣反而比較容易找到她。你們不會阻止我去殺陽菜子吧？」
「……不會。我沒有那個能耐保護全班的同學。」
夢斗的聲音像是硬擠出來的一樣。
「我不是神。只能用僅有的力量，保護由那和風香。」
「保護由那和風香……？你到底喜歡哪一個？」
「不關妳的事！」
夢斗紅著臉說，伊織笑了起來。
「的確是不關我的事。不過別忘了，你最愛的由那和風香，也有可能是國王喔。」
伊織把話說完，便轉身跑過走廊而去。
「由那，風香，妳們沒事吧？」
伊織離開之後，夢斗跑向她們兩人。

「還、還好。」

倒在地上的風香抬起臉。她的脖子還在流血，上衣的領子被染成了紅色。

「我的腳好像扭到了，真糟糕。幸好由那救了我。」

「由那？」

夢斗轉向由那。她的手臂也在流血。

「由那，妳也受傷了？」

「一點小傷不礙事。」

由那摀著傷口，稍作喘息之後說：

「幸好我和風香是兩個人，情況才沒有更嚴重。」

「總之，先包紮傷口吧！我想，暫時不會有人來攻擊我們了。」

說完，夢斗抱起了倒在地上的風香。

【11月12日（星期五）上午10點34分】

夢斗一行人在校門前接受了醫師的治療，然後前往電腦教室。由那和風香臉色蒼白地坐到窗邊的椅子上。

看了她們兩人衰弱的樣子，夢斗不禁用力地咬住嘴唇。

——由那和風香傷得並不重，但是一看就知道，全身累積了太多疲勞。而且風香好像有點發燒了，需要好好休息一下。

「由那、風香，妳們兩個可以躺下來休息一下，我會幫妳們把風的。」

「可是，夢斗你也很累了不是嗎？」

由那用擔心的目光看著夢斗。

「我沒問題的，把風也只是預防萬一而已。」

「預防萬一？」

「嗯。我想，佐登志、伊織，還有陽菜子，他們應該不會來襲擊我們才對。」

「對喔，因為佐登志已經受傷了……」

「沒錯，佐登志好像還沒有接受醫生的治療，而且恐怕傷得不輕。我猜，他沒有辦法繼續戰鬥了。至於伊織和陽菜子，她們兩個都是女孩子，想來攻擊我們這個有男生保護的三人組，恐怕只會被打回去。」

夢斗想起佐登志的腹部被水果刀刺傷的那一幕，不禁皺起了眉頭。

「而且，伊織和陽菜子也沒有幫助他。他們之間，反而像是在互相猜忌。畢竟，與其來攻擊我們，不如對付自己身邊的人更方便。」

「結果，我們也沒有被伊織他們殺死……」

由那低下頭，視線落在地板上。

「還有2個小時，如果一直沒有人死去的話，最後就會變成隨機處罰，對不對？」

「……現在先不要想這麼多。總之，休養體力才是目前的首要目標。」

聽了夢斗說的話，風香從椅子上站了起來。

「的確，說得也是。趁現在能睡就睡吧。」

「啊、風香。」

由那拿了一個小紙袋和一瓶保特瓶礦泉水遞給風香。

「在睡前先吃一顆止痛藥，這樣比較好入眠。」

「說得也是，謝謝。」

風香從紙袋裡拿出一個膠囊，放進嘴裡，喝一口保特瓶的水，把藥吞下去。

「假如遭受國王的懲罰時，止痛藥能夠發揮效用，那該多好啊。」

「……沒問題啦。風香不會受到懲罰的。」

「希望是這樣就好了。」

風香拖著右腳，跛著走向鋪了毛毯的地板，就這樣躺在地上。

「現在生還的人，只剩6個了。再過2小時，又會死1個。」

「而且到了明天，還會再少1個人呢。」

由那吐了一口氣，打開窗戶，乾燥的風吹入電腦教室裡。

「問題是，要是最後只剩下4個人，國王依然隱身其中，就表示他還會發出下一道命令。」

「別說下一道命令了，現在的命令還沒結束呢。再這樣下去，我們之中有可能會死人。不、可能性很高。因為我們的機率是六分之三……」

風香一面說著，眼睛一面啪啪啪眨個不停。

「咦？奇怪……」

喀啦一聲，風香的脖子一歪，臉埋進了毛毯裡。

由那走向趴在毛毯上動也不動的風香，拿起身旁另一條毛毯，蓋在風香身上。

「她睡著了嗎？」

聽到夢斗這麼問，由那搖搖頭。

「不，她死掉了。」

「……什麼？」

夢斗半張著嘴，僵在原地。

「……妳剛才說什麼？」

「我說風香已經死了。」

由那的嘴唇泛起微笑，半長的頭髮，被窗外吹進來的風吹得不斷飄逸。

「太好了。要是風香覺得痛苦的話，我會感到很過意不去。」

「覺得痛苦？」

「嗯，因為我給她吃了毒藥。」

由那微微地側著頭，臉上露出了微笑。

「夢斗大概不曉得吧，剛才幫我們治療的醫生說，如果我們要的話，他會給我們安樂死用的藥。」

「安樂死？」

「對，雖然平常不允許，但是感染了凱爾德病毒的人，政府會特別准許使用毒藥自殺。」

「使用毒藥自殺……」

「對政府來說，感染了凱爾德病毒的帶原者，還是早點死了比較保險。」

「妳什麼時候拿到這種東西的！」

夢斗說話的聲音大了起來。

「剛才接受治療的時候，他明明說只能給我止痛藥，沒有別的藥啊。這怎麼可能？」

「拿到安樂死用的藥，是8天前的事了。那時候我失眠，你不是勸我去給醫生診療嗎？就是那個時候。當時是時貞陪我一起去的，我趁他離開的時候跟醫生講這件事，所以沒有其他人知道。」

「那麼久以前……」

「當時，我是為了自殺才跟醫生拿藥。因為我覺得，接受國王遊戲的懲罰而死，實在太痛苦了。」

由那的眼神有些游移。

「可是，向夢斗告白之後，我漸漸不想死了。至少，我想和夢斗多相處一些時間。」

「這和妳下藥殺死風香，有什麼關係？」

「國王遊戲的懲罰啊。如果佐登志沒有死，伊織和陽菜子也沒有死的話，國王就會隨機挑選死者。我不想死、也不希望夢斗死掉。既然如此，就讓身體狀況差、腳又扭傷的風香死就行了，不是嗎？」

「妳說這些話，是真心的嗎？妳和風香不是朋友嗎？」

「當然，對我來說，我也不喜歡下手殺死風香。但是，這是風香和我之間的約定。」

「約定？」

「嗯，這是為了保護我們所愛的夢斗，採取的行動。」

由那用關懷的眼光看著夢斗。

「假如，夢斗面臨死亡的話，我們寧可犧牲自己的生命也要保護夢斗。這是我和風香事先的約定。」

「隨機懲罰是有可能降臨在我身上。可是，為了不讓我死，妳居然殺死風香？為了這種事，就可以殺死朋友嗎？」

「不管對我還是風香，保護夢斗才是最優先的事。學生手冊的命令那時候，就是這樣啊。我和風香都不接受夢斗的學生手冊，因為我們預料，陽平會寫下夢斗的名字。就算有個萬一，我們也絕不能讓夢斗死掉。」

「怎麼會……妳是騙我的吧？風香怎麼會在這種情況下死去……」

夢斗的身體忍不住發抖，眼睛流下淚水，臉色也變得蒼白。

看到他這個樣子，由那緩緩地搖頭說：

「我不希望看到夢斗變成這副模樣。我知道你很悲傷，但是，人都已經死了，還是快點忘記吧。」

「這要我怎麼忘記呢……」

「夢斗，告訴你吧。我和風香之間還有另一個約定。就是不管我們之間誰死了，另一個存活的人就要和夢斗交往。」

由那帶著妖豔的笑容，走近夢斗。

「對夢斗而言，不管我或風香誰死了，都會讓你感到悲傷。可是，人死不能復生，不應該一直掛念著。你一定很困擾，不知道該選我還是風香對吧？現在這種情況，你應該已經做出決定了吧。」

「做出決定？」

「是啊。夢斗現在只能選擇生還的那個人，因為沒有其他選擇了。死去的人，還是早點忘掉吧。我們早就約好了，其中一個人死了之後，另一個人要和夢斗交往，過著幸福的生活。」

「由那……」

夢斗說不出話來，看著眼前露出微笑的由那。她的表情如此平靜，實在不像是剛剛下手殺死自己朋友的人。

「……不要！我不要這樣！為什麼由那要殺死風香呢？」

「我說過了，這是沒辦法的事啊。不管怎麼做，都會有2個人要死去。」

「可是，也不能這樣就殺死風香啊！」

「……看來，夢斗還是不瞭解呢。」

「怎麼可能瞭解！我們是伙伴啊，大家都為了活下去而出生入死。在這種狀況下，居然還有人忍心殺死自己的伙伴！」

「這有什麼辦法，保護夢斗是我和風香最優先的任務啊。別提那些了，夢斗……」

由那伸出白皙的手，貼在夢斗的臉上。

「這麼一來，接下來的26小時，都不必有人送死了。我們兩個難得獨處在一起，要不要跟我接吻呢？」

「接、接吻……」

「我們都是高中生了，接吻也沒什麼大不了吧？還是，你不願意和我接吻？」

由那的嘴唇微張，朝夢斗的嘴唇靠近。

這時，門突然打開，發出極大的聲響。

夢斗轉頭一看，門口站著的是滿眼血絲的佐登志。佐登志的臉像白蠟燭一樣慘白，T恤的腹部被鮮血染成一大片紅色。

「原來你在這裡，夢斗。」

佐登志手裡拿著刀子，嘴角流著口水，一步步朝夢斗靠近。

「這裡就是你的葬身之地！」

佐登志的身體前傾，一口氣朝夢斗衝過來，而且毫不猶豫地伸出右手的刀，刺向夢斗的胸口。

這一瞬間，由那採取了行動。她突然衝到夢斗前方，張開雙臂。刀子就這樣深深地刺進她的胸口。

「閃開！由那！」

佐登志拔出刀子，用手背打了由那一巴掌，一下就把她打倒在地。

看著倒在地上的由那，夢斗的腦袋一片空白。他發出怒吼，用力抓住佐登志兩隻手的手腕。

「你居然刺殺由那！」

「嘻嘻嘻，我會連你一起殺死的。」

佐登志一面發出高亢的笑聲，雙手一面用力使勁，想把夢斗給壓倒。

夢斗用餘力甩開佐登志，兩個人互換了位置。

佐登志手上的刀，尖端接觸到了夢斗的脖子肌肉。隨著一陣痛覺，鮮血流了出來。一看到鮮血，佐登志的眼睛就發出了光芒。

「去死去死去死去死去死！」

「唔……」

夢斗雙手用力，把刀子扯離自己的脖子。刀刃就在夢斗的脖子旁不停地顫動。要是夢斗稍有鬆懈，刀子恐怕就會刺進夢斗的脖子了吧。

「你還真是不肯放棄啊，不管你多拼命，這下都死定啦！」

「該死的人是你才對！」

說話的同時，夢斗突然打直自己被壓彎的膝蓋，用頭部直接撞擊佐登志的下顎。

佐登志被這樣一頂，瞬間失去了力道。夢斗趁著這個機會，用頭頂著佐登志的身體向前衝。他一面頂著佐登志，一面朝窗戶前進，直到佐登志的上半身被推出了窗外。

佐登志趕緊扔下雙手所持的刀子，想要抓住窗框。此時頂著他的夢斗伸出雙手，猛推佐登志的胸口。

一陣搖晃，佐登志的身體傾斜，全身都被推出了窗外。

「咿、咿！」

佐登志的手腳一面在空中不停地揮舞，一面往下墜落。喀啦一聲，只見佐登志的脖子被地面撞擊成異常的角度。

夢斗離開窗邊，趕緊跑到倒地的由那身邊。

「由那，妳還好吧？由那！」

他抓著由那的肩膀，好幾次呼喚她的名字。閉著眼睛的由那，微微地睜開了眼睛。

「啊……夢斗。」

失去血色的嘴唇，發出了無力的聲音。

「太好了，你平安無事。佐登志呢？」

「我殺了他，把他從窗戶推下去了。」

「……是嗎。這也是沒辦法的事……」

由那無力地笑了笑。

「知道同學死去，讓人覺得有些難過。可是……夢斗你還活著……這是最令人開心的事。」

「不要一直說話，我馬上找醫生來救妳。」

「我已經沒救了。」

看著胸口不停流出的血液，由那嘆了一口氣。

「結果，我也難逃一死。不過……這樣也好。」

「這樣也好？」

「是、是啊。至少，我在最後保護了夢斗……」

「由那……」

夢斗把由那扶起來坐直，緊緊抱住她的身體。由那流出的血，已經浸濕到背部，把衣服給染成了紅色。看得出來她流太多血了。

「為什麼……」

夢斗抱著由那的肩膀，忍不住輕輕顫抖。

「為什麼妳要救我這種人呢？」

「這、這是理所當然的啊。因為，夢斗是……我最重視……的人。」

由那蒼白的臉還是保持微笑。

「其實……我很想和夢斗一起活下去，可是……這或許是我殺死風香遭到的報應吧。」

「……」

夢斗什麼都說不出口，只是咬著嘴唇。由那殺了風香，這絕對是錯的，但是他卻無法責怪她。

——由那犧牲自己的生命來拯救我，我沒有資格責怪她。不、該被責怪的人是我。身為陣營的隊長，卻沒辦法幫助星也、時貞和風香。現在，就連由那也……。

由那白皙的手，擦掉了夢斗臉頰流下的眼淚。

「不、不要傷心。這樣……其實也很好。」

「好什麼好！根本……都是一連串的壞事！」

夢斗的聲音中帶著悲傷。

「我沒能保護任何人。身為隊長卻沒盡到隊長該盡的責任。」

「夢斗……你並沒有錯。錯的是……我，居然做了這樣的事……」

由那說話的聲音越來越小。

「是我太沒用了，才會……」

「由那……」

「夢、夢斗……我能夠遇見你……向你告白……真是太好了。不過，本來我是……想和你接吻的……」

由那凝視著夢斗，露出微笑。

「對、對了。有個東西……要交給夢斗。」

「交給我？」

「嗯……嗯。在我裙子的……口袋裡……」

由那的手緩緩移動，從裙子的口袋裡拿出一張折起來的紙。

「這、這是……」

「這是什麼？」

「……」

由那沒有回答夢斗的問題。她失去血色的嘴唇保持著微笑的嘴形，就這麼死了。臉上的表情，看起來像是完成了所有任務似的，十分滿足。

「……為什麼？」

夢斗嘴巴發出沙啞的聲音。

「為什麼大家都死了？只有我活下來，又有什麼意義！」

全身顫抖的夢斗大聲喊道。

「這太過分了，大家都拼了命地想要活下去，但是結果呢？怎麼會這樣！」

夢斗的視線被淚水弄得模糊不清。

——由那在精神方面很脆弱，這點我明白。我應該多關心她一點的。結果弄到現在，連風香也死了。

夢斗緩緩地從由那手中抽過那張紙，把折起來的紙打開，上面工整地寫著一篇文章。

夢斗的視線隨著文章移動。

『當夢斗看到這封信的時候，我應該已經自殺了。可是，不必為我悲傷。我之所以會死，是因為我太軟弱了。捲入國王遊戲之中，對我而言非常痛苦。我不想要看到班上同學互相殘殺，可是，為了活下去，又不得不如此。我生存下來，就有其他同學會代替我喪命。一開始，我實在受不了這樣的過程，但是慢慢的，我心裡的痛苦逐漸減少。看到夢斗、我，還有同陣營的伙伴活下來，覺得好高興。但是，抱著這種心境的我，卻又讓自己感到害怕。所以，我想要死去。我想，我應該算是個不正常的人吧。選擇了死亡，一定會讓夢斗非常生氣。對不起。如果不死掉2個人，命令12是無法結束的。我想要幫助夢斗，我想要讓我最愛的夢斗繼續活下去……』

夢斗緊閉嘴唇，繼續閱讀由那的信。

讀到最後，拿著信紙的手開始不停地顫抖。

「妳怎麼這麼傻，居然做出這種事。」

夢斗流著眼淚，繼續說。

「這種時候，應該是男生保護女生才對啊，怎麼會變成妳來保護我呢？」

他伸手把躺在眼前的由那頭髮給撥好。

「由那，雖然我認為妳這麼做是錯的，但是謝謝妳，我活下來了。如果這就是妳所期望的……」

夢斗離開由那，走向用毛毯蓋住的風香。他雙膝跪在地上，把毛毯掀起來，看到風香蒼白的臉。

「風香，抱歉，我沒能夠救妳。可是，我不希望妳怨恨由那，因為她無法承受國王遊戲帶來的痛苦。雖然她下手殺了妳，但是真正應該負責的人是我這個隊長才是，不要怪由那。」

夢斗的說話聲，在教室裡迴響。

「風香的願望，一定和由那相同吧。如果是這樣，那我一定要活下去，絕對要活下去給妳們看！」

【11月12日（星期五）下午1點42分】

夢斗一面警戒四周，一面踏入2年A班的教室。

裡面沒有半個人影，命令10當時找到的信，還貼在黑板上。

「國王是女生嗎……」

夢斗一面回想蒼太說的話，一面檢查國王的信件。

『你們不可能找到我的。因為……』

『不用說也知道。神就是要你們……』

『全部死去。殺死北村智輝的……』

『罪，就藉由國王遊戲來淨化吧。不過……』

『不需要害怕死亡。即使肉體會消滅……』

『意識卻是永恆的。所以，我們還是可以重來。』

『再一次，大家重新開始吧！』

『展開新的校園生活！在這個有智輝、還有……』

『包括轉學生在內一共33人的班級。這就是我期待的……』

『唯一的願望。』

夢斗拿起粉筆，把每一張信紙的第1個字，寫在黑板上。

『你、不、全、罪、不、意、再、展、包、唯。』

——蒼太說過，把每一封國王信件的第一個字唸出來，就會知道有關國王是誰的線索了。

接著，夢斗又試著把每個字的第一個拼音挑出來。

『ki、to、i、wo、shi、i、mo、a、te、ta。』

夢斗重複唸著這幾個音。

「i、ki……i、shi、mo……a、te、ta……啊！to、mo、ki……這不是智輝的名字嗎？既然這樣，那剩下的……」

夢斗把剩下的幾個音重新組合排列。

『to、mo、ki、wo、a、i、shi、te、i、ta。』

「我深愛著智輝……是這個意思嗎？所以蒼太才會猜國王是女的！」

夢斗感到口中一陣乾渴。

——國王的動機，果然是替智輝報仇。還有，如果國王真是女生的話，那她有可能還活著。命令12發出時，當時還活著的女生有由那、風香、奈留美、伊織、陽菜子。從報仇的動機來考量，奈留美是國王的可能性很低。由那和風香應該也不是國王。

「現在還活著的只有伊織、陽菜子、我……」

夢斗說話的音量變大了。

「我得找到她們兩個，查出她們誰才是國王！」

打開校長室大門的瞬間，夢斗的身體僵直、無法動彈。在木製大辦公桌後方的座椅上，有個人坐著。一看到長長的頭髮披在椅背上，夢斗立刻知道坐在椅子上的人是伊織。

「伊織？」

對於夢斗的呼喚，伊織沒有反應，仍舊背對著夢斗，好像一直看著窗外。

「……伊織，我們不必再爭鬥了。剛才，由那、風香，還有佐登志都死了，剩下的生還者只有我、妳，和陽菜子而已。」

「……」

「說實話，我懷疑妳可能是國王。當然，陽菜子也有嫌疑。所以我們應該待在一起。只要我們互相監視，國王應該就無法發出下一道命令了。」

「……」

「如果妳不是國王的話，應該會贊同我的意見吧？」

「……」

「伊織！妳到底有沒有聽到我說的話！」

夢斗抓住坐在椅子上伊織的肩膀，把椅子轉過來。

「啊……」

夢斗的眼珠裡，反映著染血的伊織身影。伊織的喉嚨被割裂，從傷口流出大量的血。鮮紅的血一直流到衣服的腹部，格子紋的裙子也沾染了血跡。半開的眼睛早已失去光輝，從外表看，就知道伊織已經死了。

「怎麼會……」

夢斗用手按住嘴巴，往後退了幾步。

「伊織已經死了……那麼，殺死她的是……」

這時，夢斗聽到背後傳來一陣細微的聲音。轉頭一看，手持鐮刀的陽菜子就站在那裡。

陽菜子的眼鏡後方，瞳孔閃閃發光。她突然揮下鐮刀，斜斜地劃開夢斗的衣服，胸口也被刀尖給割傷了。

「唔！」

夢斗趕緊從口袋裡取出佐登志的刀，將刀刃對準陽菜子。

「陽菜子，命令已經結束了。由那和伊織，還有佐登志都死了啊！」

「沒錯，由那和風香都死了。至於佐登志，我也親眼見到屍體了。」

陽菜子用低沉細微的聲音，繼續說下去。

「而我殺死了伊織，所以這一回的命令已經結束了。該怎麼說呢，其實我想殺的是異性的夢斗。反正現在殺了異性也不會遭受國王懲罰而死對吧？」

「為什麼妳想殺我？」

「因為你很可能就是國王啊。」

陽菜子蒼白的嘴唇，兩端斜斜地往上揚起。

「我本來以為伊織或由那是國王。尤其是伊織，好像一直想要殺我的樣子。但是，這並不是絕對的答案，因為我想起美樹說的事。她說你一轉學過來，就馬上展開了國王遊戲。」

「不！我不是國王。國王應該是女生，我有很明確的證據。」

「是嗎？不過，已經無所謂啦。只要殺了你，最後就只有我存活下來，這麼一來，國王遊戲絕對會結束。」

手上舉著鐮刀的陽菜子，舔了舔乾澀的嘴唇。

「這個武器是我從伊織那裡搶來的。她擁有這麼好的武器，卻輸給了我，實在是太笨了。」

「陽菜子，如果妳不是國王的話，我們就沒必要互相殘殺了。因為伊織就是國王啊！」

夢斗慢慢往後退，和陽菜子保持距離。

「妳要相信我！國王是女生的證據……」

夢斗的話還沒說完，陽菜子早已揮下鐮刀，把夢斗握在胸前的刀子給打落在地上。

「我不是說已經無所謂了嗎！只要殺了你，就不用再煩惱了！」

這麼說的同時，陽菜子繼續揮舞鐮刀，把夢斗逼到房間的角落。

「喂、夢斗。你不覺得早點死了比較好嗎？」

「為什麼這樣說？」

「因為由那和風香都死啦。你也死去的話，她們會很開心的。」

「才沒有這回事。」

夢斗立即回答。

「由那和風香，都希望我能夠活下去，這點是錯不了的。」

「真的是這樣嗎？我怎麼覺得，和心愛的人一起死去比較幸福。」

「妳錯啦，由那和風香才不是那種人。」

「喔……算了，不管啦。對我來說都沒差別。」

陽菜子的嘴角朝一邊斜起。

「夢斗，你真的很頑強耶。在這個對轉學生不利的環境中，你居然能存活到現在。不過，最後的生還者是我才對。」

陽菜子揮動右手，橫向揮過鐮刀，企圖攻擊夢斗的脖子。夢斗趕緊低下頭，閃過這次攻擊，同時，從陽菜子的身旁竄出，撿起剛才掉在地上的刀子。

回頭一看，陽菜子已經轉身，拿著鐮刀往下揮。夢斗趕緊抬起左手，擋住這一擊，握著刀的右手則是筆直向前刺去。夢斗感覺到左手臂一陣疼痛，甚至聽到骨頭的聲響，忍不住咬緊了牙。

夢斗摀著被砍傷的左手，眼睛直視著陽菜子。陽菜子手上仍舊握著鐮刀，但是人動也不動。因為刀子深深地刺進了她的胸口。

「啊……」

陽菜子兩眼圓睜，凝視著插在自己胸口上的那把刀。蒼白的嘴唇一開一閉地動著。

「為……為什麼……我會死呢……？不是只剩最後一個人……了嗎……」

陽菜子的身體傾斜倒了下來，仰躺在地板上。

夢斗摀著左手的傷口，走近陽菜子。這時的陽菜子已經斷了氣，從她胸口流出的血，蔓延到地板上。

「陽菜子……如果妳不是國王的話，我們根本就沒必要互相殘殺啊。」

夢斗的身體微微顫抖。他緊咬牙關，承受殺死同學的事實。

「為什麼不肯相信我呢？」

夢斗像是在忍耐全身的疼痛一般，當場雙膝跪地，身體蜷縮成一團。

命令13

【11月12日（星期五）下午3點12分】

突然，智慧型手機響起了簡訊鈴聲。夢斗的表情立刻緊繃起來。

「不會吧……」

從口袋裡拿出智慧型手機，看著液晶螢幕，螢幕上顯示了一道新的命令。

【11／12星期五15：12 寄件者：國王 主旨：國王遊戲 本文：這是赤池山高中2年A班全班同學強制參加的國王遊戲。國王的命令絕對要達成。※不允許中途棄權。※命令13：生還的同學必須在2小時以內互相握手，不遵從者必須接受懲罰。 END】

「這道命令是……」

夢斗口中發出沙啞的聲音。

「哪有這種事！現在生還的人……」

——難道說，伊織或陽菜子在死前發出了這道命令？可是即使如此，為何是這種命令？

「怎麼想都覺得奇怪……」

夢斗用小到連自己的耳朵都聽不到的聲音，一個人自言自語著。

夢斗打開誠一郎等人經常聚集的會議室大門。長桌上散亂地放著喝到一半的保特瓶礦泉水和一些零食的袋子。

「應該就藏在什麼地方。在哪裡呢……」

夢斗的眼睛在長桌上四處搜尋，手也跟著翻找。每次左手一動，在保健教室包紮的紗布就會滲出新的血跡。即使如此，夢斗還是繼續找。

幾分鐘後，終於找到一本筆記簿。打開一看，發現裡面有誠一郎寫下的文字。筆記的上半部寫著『ち（chi）、よ（yo）、う（u）、ん（n）』，下半部是『石、け（ke）、や（ya）、さ（sa）、に（ni）』和一個『る（ru）』字。

「找到了！有了這個，就可以弄懂了！」

夢斗打開學生手冊，確認裡面的文字。那是從英行的陣營最常使用的那間教室裡找到的筆記本中所寫的文字。夢斗把它們抄寫在自己的學生手冊上面。

『あ（a）、に（ni）、う（u）、れ（re）、ま（ma）、あ（a）、か（ka）。』

這些字是在命令5的時候，每個生還的同學收到的提示字。

「我們收到的字是『い（i）、の（no）、ろ（ro）、ち（chi）、ふ（fu）』……」

夢斗拿起手邊的原子筆，開始進行排列組合。

『あかいけやまの山ちょうにある石ち……う、に、ふ、れ、ろ（去摸赤池山山頂上的石柱）。』

「果然少了『ゆ（yu）』字。原來當時弄錯了。」

在命令5的時候，當時包含夢斗在內的生還者一共22個人，所以大家都以為只有22個提示字。加上句子裡出現兩個漢字，因此造成了誤解。如果把提示字集合起來的話，就可以知道，並不是當時想的那個樣子。

「提示總共有23個字。那個時候，我們不只有22個人，而是23個人。」

夢斗的腦海裡，想起他轉學過來的第一天所遇見的那個少年。

「那個一直行蹤不明的城戶宗介就是國王嗎？」

夢斗感覺全身的血液，像是瞬間凍結了起來。

——原來是這麼回事。宗介要我們誤認為他行蹤不明，但是實際上，他一直躲在校園裡的某個地方。然後，一面確認國王遊戲的狀況，一面發出命令。

「宗介……你為什麼要做這種事呢……」

此時，智慧型手機又再度響起簡訊鈴聲。螢幕上面顯示著收到一則新簡訊。

『我在教室大樓的頂樓等你。國王。』

「國王傳簡訊給我？」

拿著智慧型手機的手，微微地顫抖著。

「國王在頂樓……宗介就在那裡嗎？」

夢斗的視線轉向天花板。

【11月12日（星期五）下午4點28分】

打開頂樓的金屬門，冷風吹得頭髮不停地飄揚。夢斗緩緩地移動視線。

在預防墜樓的鐵絲網外頭，站著一名少年。

少年背對著夢斗，身體非常瘦小，身高也比夢斗矮。

夢斗的心跳不禁加快速度。

「國王……」

夢斗深呼吸一口氣，朝少年的方向走去。他感覺到自己的呼吸變得紊亂。

——我就要見到把全班捲入國王遊戲的宗介了。因為宗介的關係，由那他們全都死了。為什麼宗介要啟動國王遊戲呢……。

夢斗的思緒，在走到鐵絲網前就停住了。

「這……這怎麼可能……」

夢斗一臉愕然地看著鐵絲網另一邊的少年。

「為什麼……為什麼是你……」

聽到夢斗的聲音，少年轉過身來。

少年的皮膚白皙，臉上戴著一副大大的眼鏡。眼鏡後頭的視線非常冷靜，嘴唇帶著淺淺的微笑。

夢斗開口呼喚少年的名字。

「星也……」

「嗨，夢斗。」

星也站在鐵絲網的另一邊，舉起右手打招呼。

「有一個星期沒見面了吧。還能見到你，真是令人開心啊。」

「……為什麼你會在這裡？」

「這個嘛，因為我是國王啊。」

說到這裡，星也微笑了。

「其實，我本來是不打算讓自己的身分曝光的。不過，你是最後一個人了。或許這就是所謂的命運吧。」

「……是嗎？那麼，在工具室裡的屍體，其實是宗介嗎？」

「嗯。為了讓他當我的替身，我一直把他監禁在工具室裡。」

「工具室裡？」

「沒錯。知道的人很少，其實那間工具室的地板下面，還有一個收納空間，大小只有1坪左右。不過，把宗介綁起來扔在裡面，倒也綽綽有餘。」

「在那麼狹窄的地方……」

「我有給他喝水和吃東西喔。趁著我能獨自行動的時候。」

星也朝工具室的方向瞄了一眼。

「在國王遊戲開始的前一晚，我把宗介叫到學校來，騙他吃下安眠藥，讓他感染凱爾德病毒。然後，再用他的手機，傳簡訊給伊織。」

「這麼做，是為了增加嫌疑人嗎……」

夢斗自言自語的同時，星也點了點頭。

「你猜得沒錯。我當初計畫要在我們班上進行國王遊戲的時候，最困難的問題就是如何讓自己的國王身分不要曝光。畢竟，要是全班同學知道我是國王的話，就沒辦法殺死全部的同學了。所以，我故意讓宗介行蹤不明，這麼一來，大家就會懷疑他是國王。」

「難道說，英行和武被警察懷疑，也是你搞的鬼？」

「嗯。我把殺死再生信徒用的刀，埋在英行家的院子裡。至於武，則是我趁休息時間偷偷借用他的智慧型手機，連上那些提到凱爾德病毒和奈米女王相關情報的網站，讓警察對武產生懷疑。」

「你家裡的個人電腦，殘留著修改過的奈米女王程式，這也是你的計謀吧？」

「正是如此。我故意讓家裡的電腦感染病毒，然後從網咖傳送奈米女王的相關程式到自己的電腦上。日本警察真的很優秀呢。只要他們察覺這點，就會把我排除在嫌疑人之外。接下來，只要等待適當的時機，把情報洩漏給你們就行了。」

星也用右手食指，把鏡框的鼻架往上推了一下。

「喔、抱歉。這副眼鏡鬆了，很容易滑下來。我原本用的那副眼鏡好用多了，可惜那副眼鏡拿去當誘餌了。我把眼鏡放在全身剝皮的屍體旁邊，這樣大家才會誤以為死的人是我。再加上那間工具室是密室，所以也沒有人起疑就是了。」

「……原來如此。你讓自己被關進工具室，也是計畫好的。」

夢斗想起星也說過的話。

『把手腳綁起來，關在工具室裡的話，他就會被自己發出的命令給殺死了。』

「咦？這是為了讓誠一郎上當，所準備的說詞嗎？」

「嗯，誠一郎的性格很好猜。只要我那樣說，他絕對會照著做。再來就是用藏在鞋子裡小刀切斷鞋帶，讓宗介換上，由他來當我的替死鬼就行了。宗介被綁得緊緊的，動也動不了，所以一定會受到懲罰，這點毋庸置疑。我只要躲在之前監禁宗介的地下密室就行了。

不過，我擔心你們要是提早找到鑰匙該怎麼辦？如果是誠一郎，猜也知道，在命令結束之前，是絕對不會交出鑰匙的。當然，我也有對策，要是鑰匙提早被發現，我就會在門的內側做手腳，讓你們打不開。」

星也眼鏡後方的眼睛瞇成一線，繼續說道。

「過程真的好驚險啊。在命令2的時候，我叫宗介隨便寫個名字，然後跟我寫的那張紙一起放進投票箱。幸好，把宗介的那張票算在內，龍司還是分數最低的那個。在命令4中，我讓宗介拿著撲克牌，幫助他順利過關。在命令5時，想辦法把石柱的碎片拿給他摸。說實話，我還真沒料到蒼太會把石柱藏起來呢。」

「是你把那塊碎石頭放進陽子書包裡的嗎？」

「嗯，命令7的時候，也是一大關鍵。我想，英行很可能會寫上我的名字，為了降低這樣的可能性，我故意讓陽子變成國王的嫌疑人，結果真的騙過了英行。當時，我真的感受到了神的存在。」

「神？」

「沒錯。神認同我，准許我殺死全班同學。所以我在國王遊戲中途是不會死的。」

星也張開雙手，仰頭看著橙色的天空，眼鏡後方的瞳孔一閃一閃地發出光芒。

「打從國王遊戲展開之後，我有好幾次陷入瀕臨死亡的絕境。在鬼抓人那時候差點被抓到，後來甚至可能被岩本老師殺死。但是，我都沒有死。沒有一個人猜到我就是國王，這不就是神的旨意嗎！」

「哪有這種事！」

夢斗大聲吼道，用手抓住鐵絲網。

「要你殺死全班同學是神的旨意？你怎麼這樣胡說八道！」

緊握鐵絲網的手指泛白，變得毫無血色。

「你已經殺了30多個人了啊！而且，幾乎都是你的同班同學。我實在想不通，你為什麼要這樣做！」

「是我殺的嗎……算了，已經無所謂了。」

「難道你不後悔……」

「……夢斗，我呢，相信這世界上有天堂。」

「天堂？」

「嗯。在肉體毀滅之後，人所有的罪孽都會得到救贖，因此得以上天堂。所以，即使是肉體死去，也不需要那麼害怕。」

「那是你一廂情願的想法！其他同學們應該都想要繼續活下去才對！」

夢斗氣得全身發抖，大喊道：

「即使是由那、即使是時貞，不，就算不是我的好朋友，像陽平、誠一郎、英行，他們也都是拼了命想要活下來！他們的生命，不應該任由你剝奪！」

「那是指沒有罪孽的人。2年A班的同學們殺了智輝，既然他們奪走了別人的生命，那麼，別人奪走他們的生命，他們也不該有怨言，這才是合理的吧！」

「不對！智輝是自殺的吧？雖然造成智輝自殺的原因是誠一郎他們，但是他們並沒有殺死他。還有，班上其他同學，也有很多人在阻止同學之間的霸凌啊！」

「你錯了。殺死智輝的，是2年A班的所有同學。包括我在內。」

星也的表情黯淡下來。

「我沒有辦法幫助智輝。即使他承受了那麼大的痛苦，我還是阻止不了霸凌。還有，我沒有注意到智輝煩惱到想要自殺。明明我是這麼愛他啊。」

「你……愛他？」

聽到星也說的話，夢斗楞住了。

「……這是什麼意思？」

「我和智輝是彼此相愛的。」

星也的眼睛直盯著夢斗。

「你好像嚇了一大跳呢。不過，男人和男人彼此相愛，也沒什麼好驚訝的。不、不對。我愛智輝並不是因為他的男兒身，這和他的身體是男人或女人無關，我愛的是智輝那顆純粹的心。」

「心……」

「那才是最重要的。至於肉體，根本不重要。性別和年齡也沒關係。」

「是嗎？那麼國王寫的信是真的囉。」

「啊，你說信裡的提示啊。不管那東西有沒有被破解，都沒有關係。不過，你好像破解了呢！」

「最初發現的人是蒼太，是他在山裡告訴我的。」

「在山裡啊……。在山裡的話，我就無法得知你們說些什麼了。如果是在學校裡，我還聽得到。」

「竊聽……」

夢斗自言自語說著，星也點點頭。

「對，早在國王遊戲開始之前，我就在學校裡設置了幾十個竊聽器。多虧那些竊聽器，讓我隨時能蒐集每個陣營的情報。不過，一開始能聽到全部對話的時間很有限就是了。直到我裝死之後，才能大量竊聽大家的對話。」

「你利用竊聽得到的情報，發出命令嗎？」

「嗯。我總得知道有沒有人懷疑我啊。而且還要計算一下，發出什麼樣的命令，可以讓誰死得比較快。因為，接下來要誰先死也是很重要的。」

星也從口袋裡拿出智慧型手機。這支手機的顏色，和星也之前拿的不一樣。

「只要用這個智慧型手機，就可以連上那台灌了奈米女王程式的電腦。不過，現在已經不需要了。」

「電腦在哪裡？」

「在埼玉市的一間舊公寓裡。我殺死的那個再生信徒，好像正打算在關東發動國王遊戲。既然萬事俱備，我當然就直接拿來用囉。因為我用的是別人的手機，所以警方是找不到我的。當然，遊戲進行到中途的時候，我曾經要脅他們停止調查。」

「就算停止調查，警方也遲早會查出你是國王啊！」

夢斗看著校門的方向。那裡有幾名身穿防護衣的警察，正往這裡看。

「我以為宗介的屍體就是你，所以就向警察這麼說了。而現在你居然出現在教室大樓的頂樓，任何人都會覺得奇怪吧！」

「這我早就料到了。畢竟，染上凱爾德病毒而死的人，屍體都要經過ＤＮＡ鑑定。我這麼做，只是在拖延時間罷了。」

「你打算自首嗎？」

「自首？我哪有可能做這種蠢事。」

星也嘻嘻嘻地笑了起來。

「我的目的是要殺死全班同學，然後去天堂和智輝一起再過一次校園生活。國王的信上不是寫得很清楚嗎？要是我死不成的話，怎麼達成這樣的心願呢？」

「死……？那這道命令是什麼意思？」

「啊，生還的同學必須在2小時以內互相握手的這道命令嗎？只是玩個小遊戲罷了。生存下來的只剩下我和你，所以我才故意發出這道命令。」

「……什麼意思？」

「其實我也很迷惘，不知道該拿你怎麼辦。」

眼鏡後方的瞳孔反射出夢斗的臉。

「你是轉學生，和智輝的死其實沒有關聯，所以我打算讓你活到最後，再來想想要不要殺你。只不過……」

「只不過？」

「這兩個星期以來，你和同學們一起參與了國王遊戲，所以我想，也許可以把你視為班上的一員了吧。再說，你的存在也是有必要的。」

「必要？什麼必要？」

「在天堂展開的新校園生活啊。你這個人有勇氣又有行動力，完全不輸給誠一郎，而且還拼了命地保護同學。有你這樣心地善良的人，我們班一定可以重新整合起來。而且，我也想讓智輝見見你。」

「……星也。」

夢斗哀傷地看著鐵絲網另一邊的星也。

「我實在無法理解你的想法。為了在天堂展開校園生活，所以要殺光全班同學？我不認為智輝會贊同你這樣的想法。智輝是個心地純潔的人吧？」

「……是啊，智輝的確不會贊同這種事。之前在站前的商店街遇到他的時候，他還認為遭到霸凌是自己的錯呢。但是我和智輝不同，展開國王遊戲是我決定的，因為我內心有一個黑暗地帶。」

「黑暗地帶……」

「沒錯。打從小時候，我就覺得自己的內心，有一個很深的黑暗地帶。每次在新聞上看到殺人事件或意外事故造成死亡的時候，內心都會有一股奇妙的興奮感。其實，我很討厭自己這樣的性格，所以表面上，我總是和善地對待他人。雖然我的心中有殺人的渴望，但是只要不付諸行動，就沒問題了，不是嗎？戰爭電影和以殺人事件為題材的連續劇那麼多，就表示對死亡感興趣的人不在少數啊！」

「既然如此，你又為什麼要展開國王遊戲？這是現實世界啊！你是在現實世界裡殘殺同學啊！」

「應該是之前的國王遊戲造成的吧。全國的高中生都被捲入國王遊戲的時候，死亡變得如影隨形。親眼看著人們爭鬥、死亡，在這種狀況下，我的內心變得越來越黑暗。」

星也閉上眼睛，深深地嘆了一口氣。

「我是在罹患精神病的狀況下，轉來赤池山高中就學的。在這裡，我遇見了我的救星。」

「你是說智輝？」

「嗯。智輝是個非常溫和的少年。不光是對人而已，他對貓狗、小昆蟲，都一樣充滿愛心。我感覺到只要靠近他，內心的黑暗就會逐漸消失。但是，那麼純粹的一個人，我卻沒有能力保護他。」

星也握著智慧型手機的手，因為用力而顫動著。

「誠一郎他們太狡詐了，知道沒有人會保護智輝，就一再地霸凌他。就這樣，沒有人阻止他們，最後造成智輝死亡。那一刻，我的內心就已經完全崩潰了。」

「崩潰……」

「對，我的心已經完全被黑暗所吞噬。不斷霸凌智輝的誠一郎他們那群人、對霸凌漠不關心的同學，還有無力阻止霸凌的同學，我恨他們，也恨我自己。」

「所以，你自己也參加國王遊戲，是嗎？」

聽到夢斗的問題，星也用力地點點頭。

「因為我也是罪人，必須償還我的罪孽。如果不償還罪孽，就不能去天堂和智輝見面了。」

「我實在搞不懂你的想法。」

夢斗的眼睛湧出淚水。

「既然你這麼有行動力，為什麼當時不伸出援手幫助智輝呢。班上應該還有很多同學想要幫助智輝，只要大家齊心合力，就能阻止誠一郎他們啦。」

「……是啊。正如你所說的，假如一開始你就在我們班上，智輝便很有可能不會死，真是太可惜了。但是，現在再說這些也沒意義啦。除了我們以外，其他人都死光了。」

「星也，這真的是你心裡的願望嗎？」
「你問這個問題很奇怪耶。我剛才不是說了，想要和智輝以及班上同學一起重新過校園生活嗎？為什麼還要這樣問呢？」
「因為這一次的命令啊。」
夢斗用手指了指星也手上的智慧型手機。
「這一回的命令，看在你眼裡可能像是遊戲，可是實際上根本不是吧。」
「不是？」
「對。這次的命令太容易達成了。只要我和你握個手，我們2個人都不會受罰。你說過，你很煩惱我該死還是該活。可是，你一定也有想要活下來的念頭，才會發出這一道命令吧。」
「……原來如此，你是從這個方向去想啊。」
星也把視線移到自己手中握著的智慧型手機上。
「的確，我對肉體的存活仍舊抱有依戀。但是，如果我活下來，接下來又會怎麼樣呢？會不會一輩子關在監獄裡？」
「即使如此，也比死去要好啊！」
夢斗用手掌拍打鐵絲網。
「我不知道天堂到底存不存在。但是，就算真的存在，也不必急著現在馬上去吧？畢竟人遲早會死。雖然我認為你殺了這麼多同學，應該要以死謝罪才對。」
「……」

「我無法原諒你殺了由那她們，不過，我卻又不希望你死去。我要你活著為自己贖罪。」
「……不、我不要這樣。」
星也搖搖頭說。
「我對這個沒有智輝的世界，已經不留戀了。而且，我要以死來償還我的罪孽。」
「星也……」
「夢斗，你聽過煉獄嗎？」
「煉獄？」
「嗯，煉獄是位於天堂和地獄之間的一個地方。在那裡洗清自己的罪孽，就能夠到天堂去。我要在這個世界上，打造這樣的煉獄。」
眼鏡後方的瞳孔，被夕陽照得發出橙色光輝。
「這裡就是煉獄。在這裡，被我殺死的班上同學，都因為沒有幫助智輝而接受了懲罰，償還罪孽之後就能上天堂了。我想，他們一定都在等著我吧。」
「你認為經過國王遊戲爭鬥的同學們，還能夠恢復原本的情誼嗎？」
「當然可以。天堂就是那樣的地方。我們所有人都犯了罪，每個人都得到了報應。上天堂以後，當然就沒有什麼好爭的啦。誠一郎他們也會在經歷過國王遊戲之後，瞭解到和班上同學對峙是多麼愚蠢的事。」
星也一直盯著夢斗看。
「夢斗，我能夠讓你不必承受國王遊戲的懲罰。只要我用右手和你握手，就可以達成命令的要求了。到時候，我再從這裡跳下去就行了。只不過……」

「只不過？」

「你對這個班級來說，是非常重要的人。所以，你也得死。」

「……是嗎？這就是你的決定嗎？」

「嗯。你不覺得這樣比較好嗎？你現在死去的話，很快就能遇見由那和風香呢。」

「看來你連告白的事都知道了？」

「我是從竊聽器聽到的。對了，她們兩個你要選擇誰呢？」

「……我已經做出選擇了。」

夢斗毫不猶豫地回答。

「但是，我不告訴你是誰。」

「你想要到天堂去，當面把你的抉擇告訴她們嗎？這樣的確比較好。」

接下來的幾十秒，夢斗和星也無言地望著對方。星也露出了平靜的笑容。

此時，星也的智慧型手機響起了鈴聲。

「好了，2個小時的時限只剩下10分鐘了。我差不多該走了。」

「你要趁著接受懲罰之前，先跳樓逃避懲罰嗎？」

「嗯。這樣死去比較輕鬆。下頭是水泥地，往下一跳，當場就會死了。」

「星也……你真的打算自殺嗎？」

「嗯。放心，我們很快又會再見的。」

話一說完，星也的雙手朝兩邊伸展。他的影子映照在被夕陽染成橙色的頂樓，看起來就像十字架一樣。

「那麼，我先走一步囉，我們很快會再見的！」

帶著清澈的笑容，星也讓身體向外傾斜。

「星也！」

夢斗打算爬過鐵絲網，不過他還沒開始爬，星也就已經從頂樓消失了。幾秒之後，喀啦的折斷聲傳到了夢斗的耳裡。

「嗚……」

夢斗抓住鐵絲網，緊閉著雙眼。

「你太傻啦，星也……」

剛才死去的星也居然是國王，這點完全超乎夢斗的預料。他的腦海中，浮現出一幕幕和星也一起行動的畫面。

夢斗眼眶裡的淚水，順著臉頰滑下來，滴落在腳邊。

「星也……你在工具室裡寫的『對不起』，其實不是要騙人，而是真的在跟我們道歉，對吧？」

沒有人回答夢斗的問題。

夢斗憎恨那個殺了許多同學、還把自己也扯進國王遊戲的國王。可是，得知國王其實是星也的此時，夢斗心中的憎恨漸漸淡化了。

「這樣的結果，真的是你所期待的嗎？」

讓人感覺冬季來臨的冷風，吹拂過夢斗的臉頰。

他從口袋裡拿出智慧型手機，確認命令結束的時間。

「還剩5分鐘嗎……」

夢斗的口中發出乾啞的聲音。

【11月12日（星期五）傍晚5點7分】

在風聲中，混雜了頂樓鐵門打開的聲音。

夢斗慢慢地轉過頭去。

在鐵門前方，站著一位臉色蒼白的少女。

夢斗把智慧型手機放回口袋裡，走向少女。

「太好了，妳醒啦。我現在正要去找妳呢。」

「我看到身邊有一封信，寫著『到頂樓去』。那是你寫的嗎？」

「嗯。因為國王叫我到頂樓來。」

「國王？誰是國王？」

「……是星也。風香。」

夢斗叫出少女的名字。

風香用手緊摀著自己張大的嘴巴。

「是星也？可是，之前不是在工具室裡發現了星也的屍體嗎？」

「那具屍體其實是宗介。詳細經過，稍後我再跟妳說明，妳可以把手伸出來嗎？」

「手？」

風香伸出她的右手，夢斗也伸出自己的手，握住風香的手。

「這麼一來，我們就通過這道命令了。而且，不會再有下一道命令了。」

「不會再有下一道命令了？星也被逮捕了嗎？」

「不、星也死了。生存下來的只剩下我和風香而已。」

「對了，為什麼由那死了？為什麼？」

「……她是為了保護我們而死的。由那讓妳吞下安眠藥，讓妳看起來像是被殺死一樣。這麼做是為了欺騙躲在幕後，透過竊聽器偷聽我們談話的國王。」

夢斗從口袋裡拿出由那的信。

「這是由那寫的信。」

『當夢斗看到這封信的時候，我應該已經自殺了。可是，不必為我悲傷。我之所以會死，是因為我太軟弱了。捲入國王遊戲之中，對我而言非常痛苦。我不想要看到班上同學互相殘殺，可是，為了活下去，又不得不如此。我生存下來，就有其他同學會代替我喪命。一開始，我實在受不了這樣的過程，但是慢慢的，我心裡的痛苦逐漸減少。看到夢斗、我，還有同陣營的伙伴活下來，覺得好高興。但是，抱著這種心境的我，卻又讓自己感到害怕。

所以，我想要死去。我想，我應該算是個不正常的人吧。選擇了死亡，一定會讓夢斗非常生氣。對不起。如果不死掉2個人，命令12是無法結束的。我想要幫助夢斗，我想要讓我最愛的夢斗繼續活下去……

還有，你可以放心，我們的伙伴風香還活著。我讓她吞下的不是毒藥，而是安眠藥。我之所以對你說風香服下的是毒藥，目的是為了讓你受到打擊。這是我計畫好的。老實說，我很早就在懷疑，國王是如何知道這一切的。

班上的同學分成四個陣營，要完全掌握每個陣營的狀況非常困難。國王雖然是發布命令的人，可是也必須活下來才行，所以掌握情報是非常重要的工作。於是我就趁夢斗和風香熟睡的時候，跑去電腦教室把插座拆下來檢查，果不其然，被我發現了竊聽器。我想，其他地方一定也有裝竊聽器吧。

所以，你在閱讀這封信的時候也要小心，不可以讓國王發現風香還活著的事實。這樣一來，也許就可以騙過國王，讓國王誤以為風香死了。當然，這麼做也許無濟於事，因為只要遙控那台有奈米女王程式的電腦，就可以知道哪些人活著，哪些人死了。不過，假使國王的手機只用來發送命令的話，說不定就可以騙過他。如果國王現在還活著的話，那麼他就會透過竊聽器，聽到我的演技了。

我演得很逼真吧。跟你說喔，我以前中學的時候參加過話劇社。陽平也說過，你還記得嗎？不過，因為要連帶欺騙夢斗，所以我一緊張，時間就拖長了。

最後，我還有一個願望。就是假使風香存活下來，我希望你能和她交往。風香是我的朋友，也是個很好的女孩子，你們一定可以成為很要好的一對。還有，請你忘了我吧。說來抱歉，其實我並不是那麼喜歡你。總之，這段日子謝謝你。能和你成為好朋友，我真的很開心。再見。』

讀完由那的信之後，風香的嘴唇微微地顫抖。

「騙人……說什麼『我並不是那麼喜歡你』。」

「我知道。」

夢斗低聲地說。

「我看得出來由那在說謊。她是為了湊合我跟妳，才故意這麼寫的吧。就像她假裝殺了妳那時候一樣……」

「由那還有說什麼嗎？」

夢斗把由那當時說的話，轉述給風香聽。

『夢斗現在只能選擇生還的那個人，因為沒有其他選擇了。死去的人，還是早點忘掉吧。我們早就約好了，其中一個人死了之後，另一個人要和夢斗交往，過著幸福的生活。』

「嗚……」

淚水從風香的眼睛潸潸地流下。

「由那真的好傻！我們要光明正大地競爭，妳怎麼可以先死呢，這樣太狡猾了。夢斗怎可能忘記妳！我也不要妳讓給我啊！」

「……」

夢斗什麼話都說不出口，只能抬起頭，默默看著天空中被染成橙色的雲彩。

——最後，生還者就只剩下我和風香了。由那、時貞，還有星也，全都死了。班上其他的同學也是……。

死去同學的臉龐，浮現在橙色的天空中，很快地又消失了。

敵對的同學、背叛的同學、同心協力的同學、伸出援手的同學。

曾經痛恨過的競爭對手，如今心中已經沒有恨了。

不知何時，夢斗的臉頰滑下了淚水。

穿著防護衣的宮內和川島，走進2年A班的教室。
宮內來到窗戶旁邊夢斗和風香的面前，停下腳步。
「我們在埼玉市的一間舊公寓裡發現一台灌了奈米女王程式的電腦，現在已經將它沒收了。」
透過防護衣，傳出了模糊不清的聲音。
「4個小時前，高橋星也寄給我們的那則簡訊，內容好像是真的。」
「4個小時之前，就是星也從頂樓墜落的時間……」
聽到夢斗喃喃自語，防護衣裡的宮內點頭回應：
「應該是在墜樓之前就設定好，要在死亡的時間傳送出去吧。」
「裡面有寫其他的事嗎？」
「就是整個事件的經過。」
「整個事件……」
「嗯。高橋星也殺死再生信徒中山和夫，得手升級版的奈米女王和凱爾德病毒之後，再用來啟動你們全班同學一起參加的國王遊戲，目的是要替自殺的北村智輝報仇。另外，他好像深愛著智輝。」
「是啊。在頂樓的時候，星也告訴我了。」
夢斗皺著眉說。

「我想他說的是真的。因為他沒有理由說謊。」
「是啊，我也這麼認為。這件事應該沒有共犯才對。那麼，這件事就算解決了。」
「死了30幾個人，能叫解決了嗎？」
「是的，已經解決了。」
站在宮內身旁的川島，透過防護衣這麼回答。
「高橋星也啟動國王遊戲的目的，是為了替北村智輝報仇，這點沒有錯吧。既然如此，就不需要擔心國王遊戲會再繼續下去了。因為高橋星也在殺死全班同學之後，自己也墜樓了。雖然這次死了幾十個人，不能說是完美的結局，但是整件事能夠告一段落，大多數的百姓也可以鬆口氣了。」
「……會這樣想的人，內心一定也很希望感染凱爾德病毒的我和風香，跟著一起死去吧。」
「也許吧。網路上是有不少人警告，說要殺死感染凱爾德病毒的你們。」
「政府和警方之中，應該也有吧。」
「……是的。」
對於夢斗的問題，川島以冷靜的口吻回答。
「為了保全大多數的國民，犧牲少數人，也是不得已的。」
「這就是人性嗎……」
夢斗用力咬著嘴唇說。
——在國王遊戲的過程中，為了自己活命，不惜殺死同學的人不在少數。難道，這就是人類的本質嗎？

「不過……」

川島的聲音透過防護衣傳出來。

「你們要瞭解，也有很多人為了救你們四處奔走。這點請牢記在心。」

「救我們？」

「是的。就是你們的家人、不眠不休研究凱爾德病毒抗體的專家，以及許多政治人物都反對殺死你們所有人。」

聽到川島這麼說，一旁的宮內也跟著附和「她說得沒錯」。

「有人可以為了自己活命，毫不猶豫地殺死別人。但是同樣的，也有人寧願犧牲自我，去拯救別人。這點你們明白吧？」

「……說得也是。」

夢斗想起那些為了救自己，不惜犧牲生命的同學。

「兩位還得繼續在學校裡住一陣子。恐怕得過好幾天，才能讓你們和家人見面。」

「我瞭解。要等到凱爾德病毒的抗體製造出來為止對吧？」

「是的。你們可以透過手機和簡訊與外界聯絡。需要什麼的話，儘管提出來。」

宮內戴著厚厚的手套，握住夢斗的手說。

「好不容易從國王遊戲中存活下來，要好好珍惜這條命。雖然最後只剩下你們兩個，但是不要忘記，很多人為了這兩條命所付出的心血。」

「是！」

夢斗和風帶著堅毅的語氣，大聲地回答。

【11月12日（星期五）晚間11點11分】

打開頂樓的鐵門，滿天星斗立即映入眼簾。夢斗慢慢地走上前去，透過預防墜樓的鐵絲網，可以看到遠處市區的點點燈火。

正看著入神時，背後傳來走路的聲音。

「夢斗，原來你在這裡。」

風香來到夢斗身邊。

「睡不著嗎？」

「眼睛一直睜開，怎麼也睡不著。」

夢斗單手抓著鐵絲網說。

「說來真是奇怪。明明不用顧慮什麼、能夠安心睡覺的此時，卻偏偏睡不著。」

「這也是沒辦法的事。畢竟……發生太多事了。」

風香的瞳孔反映著市區的燈火。

「星也一定以為……我們兩個已經死了吧。」

「嗯。他就是這樣認定才會跳下去的。如果真有天堂的話，說不定他現在正在抱怨我呢。」

「因為你讓他誤以為我已經死了是嗎？」

「是啊。因為不知道竊聽器藏在哪裡，所以我就喃喃自語，說一些讓他以為妳已經死了的話。」

「居然還裝竊聽器……我怎麼都沒想到這些。由那真的好厲害。」

「嗯。尤其是假裝殺死妳的時候，演技好逼真。在看到她的信以前，我還信以為真呢。」

「話說回來，她真傻。」

風香的聲音在發抖。

「為了救我，居然選擇犧牲自己的生命。我沒辦法像由那那麼偉大。只是想著，一定要找出和夢斗、由那一起活下去的方法。」

「……在投票表決的命令2當時，由那給了自己負分。她的生存意志比較薄弱，這是事實。」

「所以我才說她傻……」

「不過，多虧了由那，我們才能活下來。我想，這一定是奇蹟。」

「奇蹟？」

「幸好，星也最後發出的是那樣的內容，如果是其他內容，我們恐怕不會活下來。像是『生還的人全部自殺』之類的。我在想，星也之所以沒有發出那樣的命令，是由那在暗中保佑的緣故。那種感覺，就像是奇蹟一樣。」

「由那……」

風香發出了笑聲。

教室大樓四周的枹櫟樹，樹葉被風吹得颯颯作響。

「喂，夢斗。有件事，我必須向你坦白才行。」

「……什麼事？」
「我向你告白的事，請你當作沒發生過吧。」
風香看著夢斗的眼睛說。
「當然，我現在還是很喜歡你。我明白跟你交往的話，一定會很幸福，可是我無法成為你的女朋友。」
「是嗎……」
「不問我理由嗎？」
「是為了由那吧。」
「是啊，我的命是由那犧牲自己換來的，所以我無法和她喜歡的男孩子交往。就算這是由那的願望也一樣。」
「果然很像妳的作風……」
夢斗微笑地說。
「虧我本來還想向妳告白呢。」
「……你該不會是要告訴我，你忘記由那了吧？」
「當然不會。」
夢斗毫不遲疑地回答。
「我絕不會忘記由那的。她是我的救命恩人，也是我喜歡的女孩子。」
「你喜歡的女孩子？既然這樣，為什麼你還要向我告白？」

「因為我也同樣喜歡妳啊。再說，由那一直很希望我們兩個能夠交往。」
「……這麼聽來，你恐怕是無法做出選擇了。」
「是嗎？」
「當然啊。你這優柔寡斷的個性，一輩子都改不了的。」
風香揚起眉，笑著說。
「不過，這樣才像夢斗。喜歡死去的由那，也喜歡活下來的我，而且不想傷害我們任何一方。換作其他女生聽到這樣的答案，一定會很失望吧。不過我卻覺得很高興。」
「很高興？」
「是啊。因為我們同樣都忘不了由那，也不想忘記由那。我選擇要和你分開，可是，無法忘記由那的夢斗，卻說想要和我交往。」
「……被妳這麼說，感覺我好像是個很糟糕的男孩子呢。不但不像妳那麼專情，反而還想腳踏兩條船。」
「哈哈哈，很多男生不都是這樣嗎？」
被風香的笑聲感染，夢斗也跟著笑了。
「不過，這下傷腦筋了。妳拒絕我，我就無法實現由那的願望啦。」
「說得也是。要是真有天堂的話，由那聽到我們兩個現在的對話，搞不好會很生氣呢。」
「我想一定是的。」
「天堂啊……」

「嗯。將來我們會在那裡和由那重逢，還有班上的其他同學……」

夢斗抬起頭仰望夜空，在他身旁的風香也抬起頭。

「夢斗，你想不想早點見到由那？」

「……不想。太早去的話，會被由那罵的。」

「說得也是。由那送給我們的這條命，我們得好好珍惜才行呢。」

夢斗和風香靠在一起，同時抬頭望著閃閃發亮的滿天星斗。

逆思流

國王遊戲〈煉獄11・04〉

（原名：王様ゲーム 煉獄11・04）

作者／金澤伸明
譯者／許嘉祥
發行人／黃鎮隆
總編輯／洪琇菁
責任編輯／路克
企劃宣傳／邱小祐・劉宜蓉
副總經理／陳君平
國際版權／黃令歡
美術編輯／李政儀
文字校對／許煒彤

出版／城邦文化事業股份有限公司 尖端出版
台北市中山區民生東路二段一四一號十樓
電話：（〇二）二五〇〇七六〇〇 傳真：（〇二）二五〇〇二六八三
E-mail：7novels@mail2.spp.com.tw
發行／英屬蓋曼群島商家庭傳媒股份有限公司城邦分公司
尖端出版 行銷業務部
台北市中山區民生東路二段一四一號十樓
電話：（〇二）二五〇〇－七六〇〇（代表號）
傳真：（〇二）二五〇〇－一九七九
讀者服務信箱：sandy@spp.com.tw
北部經銷／祥友圖書有限公司
電話：（〇二）八五一二－三八五一
傳真：（〇二）八五一二－四二五五
中彰投以北經銷／楨彥有限公司
電話：（〇二）八九一九－三三六九
傳真：（〇二）八九一四－五五二四
雲嘉經銷／智豐圖書股份有限公司 嘉義公司
電話：（〇五）二三三－三八五二
傳真：（〇五）二三三－三八六三
南部經銷／智豐圖書股份有限公司 高雄公司
電話：（〇七）三七三－〇〇七九
傳真：（〇七）三七三－〇〇八七
一代匯集／香港九龍旺角塘尾道六十四號龍駒企業大廈十樓B&D室
電話：（八五二）二七八三－八一〇二
傳真：（八五二）二七八二－一五二九
新馬經銷／大眾書局（新加坡）POPULAR（Singapore）
E-mail：feedback@popularworld.com
大眾書局（馬來西亞）POPULAR（Malaysia）
E-mail：popularmalaysia@popularworld.com
法律顧問／王子文律師 元禾法律事務所
台北市羅斯福路三段三十七號十五樓
二〇一五年十月一版一刷
二〇一八年七月一版二刷

■中文版■

郵購注意事項：
1. 填妥劃撥單資料：帳號：50003021戶名：英屬蓋曼群島商家庭傳媒(股)公司城邦分公司。2. 通信欄內註明訂購書名與冊數。3. 劃撥金額低於500元，請加附掛號郵資50元。如劃撥日起 10～14日，仍未收到書時，請洽劃撥組。劃撥專線TEL：(03) 312-4212 ・ FAX：(03) 322-4621。E-mail：marketing@spp.com.tw

國家圖書館出版品預行編目資料

國王遊戲 煉獄11.04 / 金澤伸明著；許嘉祥譯.
— 1版. — 臺北市：尖端出版，2015.10
面；公分. —（逆思流）
譯自：王様ゲーム 煉獄11.04
ISBN 978-957-10-6137-5（平裝）

861.57　　　104015048